新装版

カナリヤは眠れない

近藤史恵

祥伝社文庫

目次

第一章　目覚める

鏡の中のわたしは笑っていた。

深いブルーグレーのワンピース。通した袖《そで》が分厚いタグと値札に引っかかる。九万八千円。

一瞬、目がその数字の上を泳ぐ。

の考えは、躊躇《ちゅうちょ》した。入らなかった。そう言って脱げば間に合うのではないか。だが、そ女店員の華《はな》やかな声にかき消される。

「よろしいですか？」

返事を迷う間に、彼女は試着室のカーテンをずらして中に入ってきた。

「あら、お色がとても映《は》えて」

背中のファスナーを上げてくれる。ご丁寧《ていねい》に膝《ひざ》をついて、袖口のボタンも留めてくれる。

鏡の中のわたしは笑っている。

表情と裏腹に、胸には怒りに近いものがこみ上げてくる。

たかが、ワンピース一着が十万円もするなんて。通販のカタログには十分の一の値段で、似たようなデザインのものがいくらでも売っているはずだ。

「あら、素敵。裾《すそ》はお直しするから、このくらいの長さになるかしら」

彼女はスカートを軽く持ち上げるとわたしのふくらはぎを露出させる。

「とてもお似合いですわ。ねえ」

鏡の中のわたしに微笑《ほほえ》みかける。たしかにそのワンピースはわたしにとても似合っているように見えた。そう、通販で売っているようなワンピースはこんなにもわたしをきれいには見せてくれないだろう。高いものにはやはり、高いだけの価値はあるのだ。

身体のラインを強調するデザインではないのに、ウエストはきゅんとくびれて見えるし、腰のラインも美しい曲線を描いている。たぶん、パターンがいいのだろう。

「生地もいいんですよ。こんなに張りのあるウールなんてそうないですよ」

鏡の中のわたしは笑っていた。とてもしあわせそうに。

「似合うかしら」

わたしは女店員に尋《たず》ねた。この台詞《せりふ》を言った時点でもう負けだった。

女店員は大袈裟《おおげさ》に頷《うなず》いた。

「もちろんお似合いですとも」

わたしは敗北感にまみれながら言った。

「じゃあ、これ、いただくわ」

それでも鏡の中のわたしは、笑っていた。


また、やってしまった。唇をきつく咬《か》む。

上《うわ》の空《そら》でカードを切り、美しく包装されたワンピースを受け取る。九万八千円という数字がとたんに、現実味を帯びてのしかかってくる。結婚前、働いていたときの家賃よりもずいぶん高い額だ。十万円もの金額を、いつ着るかわからないワンピースに使うなんて非現実的すぎる。

でも、ともうひとりのわたしが耳元で囁《ささや》いた。

安物を買うよりも高くてもいいものを買ったほうが絶対いいはず。安物買いの銭失いって言うじゃない。このデザインなら長く着られるわよ。

そう、それにこのワンピースはわたしにとても似合っていた。これを着たわたしは、とても美しく見えた。それ以上のことがあるだろうか。

彼はどう思うだろう。先月、バッグを買ったときのことを思い出す。「これ、買ったの」

と、黒い布製のバッグを見せると、目を細めて「ああ、いいじゃないか」と微笑んでくれた。わたしは急に狼狽《ろうばい》して、言わなくていいことを言ってしまった。

「安かったのよ。アウトレットショップで三万円だったの」

それは嘘だ。その黒い布製のバッグは、ブランドの人気商品で、アウトレットショップになど出回るはずはない。わたしが払ったお金はその倍以上だ。

彼は目を丸くした。

「こんな布の鞄《かばん》が三万円もするのか?」

「なに言っているのよ。定価だと七万近いのよ。布といっても丈夫なんだから。一生ものよ」

「へえ。じゃあ、いい買い物をしたんだな。ぼくはブランドものやファッションにくわしくないからよくわからないけれど」

彼はそう言って笑ったけど、そのあと不機嫌になったように見えた。それとも、わたしが後ろめたさでそう感じただけなのだろうか。

十万円のワンピースだなんて、きっと彼は目を丸くするだろう。

けれども、正直に話す必要なんてない。五万円、もしくは三万円くらい、と言っておけばいい。どうせ、彼には女性の服の値段なんてわからないんだから。

あるいは、このあいだも買ったばかりで気が引けるのなら、タンスに隠しておいて、結婚前から持っていたけど着なかった、というふうに嘘をついたっていいのだ。少し心は痛むけれど、これから生活費を切りつめてうまくやりくりすればいい。彼は、カードの明細に目を通したりもしない。

心の中でもう一方のわたしが叫ぶ。

どうして、彼はそんなにわたしを信じているのだろう。

罪悪は罰せられなければならない。人殺しは、殺された人のためではなく、人殺し本人のために捕まえられて、投獄されなければならない。そうじゃなかったら、その人は同じことをまた、繰り返すだろうから。

帰ったら、わたしはこのワンピースをタンスの中に押し込むだろう。

昔は、服を買って帰ったら鏡の前で、必ず着てみていた。どの靴と合うか、どんな髪形と合うか、一時間でも二時間でもそうしていられた。今は、そんなことはしない。まるで、買ったことを忘れようとするみたいに、さっさとタンスの中にしまってしまう。そうして、記憶が薄れた頃にはじめて袖を通すのだ。

だったら、買わなければいいのに。

莫迦《ばか》だ、とわたしは自分に毒づく。だけど、退屈やいらいらにとりつかれると、ふらふらと街に出てしまう。

街には美しいものがたくさんある。華やかな服や、可愛らしい靴、いい香りの化粧品。見ているだけで楽しいはずなのに、なぜか、わたしはそれを持っていないことが恥ずかしくなる。

みんなどうしているのだろう。ふと、考える。街を歩く女性は、みんな、わたしよりきれいで、わたしよりお洒落《しゃれ》な服を着ていて、わたしより堂々としているように見える。それが幻覚だなんて、わたしには思えない。

だのに、どうして夫はわたしを選んだのだろう。


わたしがこの悪徳に身を染めるのははじめてではない。最初は、大学を出て、東京の会社に就職したころだ。

地元でいちばん大きなデパートの、数倍はあるようなデパート。うきうきしながら、見て歩いていると、いきなり声をかけられた。

「グランド・カードをお作りになりませんか？」

にこやかな顔の女性。鮮《あざ》やかな青のスーツを着て、わたしの前にビニールの封筒を差し出している。

反射的に受け取った。

「学生さん？」

「いいえ、社会人になったばっかりで」

「じゃあ、カードはお持ちじゃないですよね」

「え、ええ」

彼女はこぼれるような笑みを浮かべると、わたしにその封筒の中身を開いてみせた。

「グランド・カードでしたら、花善《はなぜん》デパートでのお買い物が、すべて五パーセント引きになります。入会金や、年会費などはすべて無料です。ここをよくご利用されるんでしたら、お作りになられたほうがお得ですよ」

たしかに、その話はとても得なように思えた。ほかに特別にお金を取られることもなく、買い物が五パーセントも安くなるだなんて。

それに、花善デパートは全国に支店のある有名デパートだ。道端《みちばた》で声をかけられたキャッチセールスにほいほい乗るのとは、わけが違う。

わたしも社会人だ。クレジットカードのひとつくらい持っていてもおかしくない。

わたしはその場で契約することにした。手続きは簡単で、カードはその場で発行された。うるさい審査があるのではないか、と思っていたので、拍子抜けした。

それまで、わたしは、それほど身なりに気を使ったりしなかった。実家のあたりでは、派手な格好をしていると、決してよくは言われなかった。化粧もせず、スーパーで買ったトレーナーなどを着ていても、「内山《うちやま》さんちの茜《あかね》ちゃんは、まじめそうで感じがいい」なんて近所のおばさんたちに誉《ほ》められたりしたものだ。

だが、東京に出てみると、まわりは美しく垢抜《あかぬ》けた女の子ばかりだった。彼女らは、化粧をしないわたしのことを決してバカにしたりはしなかったけれど、それがまた、わたしの敗北感を浮き彫りにした。

派手な化粧をしたり、きれいな洋服にうつつを抜かしているような女は、みんなつまらない、身持ちの悪い女ばかりだと思っていたのに、彼女らの中には、わたしよりもずっと仕事のできる人も、頭のいい人もいた。

入社してから、ずっと面倒を見てくれていた先輩がいた。堀《ほり》さんという、背の高い、実直な感じの男性で、わたしは密かに彼に憧《あこが》れていた。

たぶん、彼にとっては、単なる冗談のつもりだったのだろう。倉庫にふたりで備品を取りに行ったとき、笑いながら言われた。

「内山さんと一緒にいると、女性といる気がしないなあ」

鈍器で脳天を殴られたような衝撃だった。薄々気づいていた。わたしが同じ年頃の女性たちに比べて色気も、魅力もないことに。けれども、彼から、そんなことばだけは聞きたくなかった。

傷ついた、ということを知られるのはいやだったので、わたしは声をあげて笑った。

「いやあ、よく言われるんですよう」

「あ、やっぱり？　気を使わなくていいから、楽だけどね」

それから、彼は、わたしと同期の新入社員の話をはじめた。彼女は、とびぬけた美人ではなかったが、いつも流行の服に身を包んで、垢抜けた印象のある、スタイルのいい女性だった。

どうやら、堀さんはその女性に好感を抱いているみたいだった。

帰り道、わたしは、デパートに寄った。以前、通りがかって素敵だと思っていたスーツがあったのだ。そのときは、値札を見ただけで、あきらめてしまった。ジャケットとスカートを買うと、五万円以上になる。分不相応な買い物だと思っていた。

だけど。

婦人服売場の一角、まるで、そこだけ異世界のように、垢抜けた空間。そのスーツは、ボディだけのマネキンに、晴れがましくディスプレイされていた。

ずっとそれを見ていても、店員はわたしに声をかけようとしなかった。安い店なら、すぐに「試着してみられますか?」なんて、言われるのに。

グレーのシンプルなスーツなのに、それはわたしが持っているデザインのものとまったく違った。縦長のシルエットのジャケットと、少しだけスリットの入ったロングタイト。

わたしは自分に言い聞かせた。長く着られるデザインだ。少し高くても、無駄な買い物にはならない。

深く息を吐くと、店員に言った。

「すみません。これ、試着できますか?」

試着室のカーテンの中で、そのスーツに袖を通した。信じられないほど、その服はわたしをスタイルよく見せてくれた。

わたしは、自分の脚がこんなに細いことに今まで気づかなかった。

カーテンを開けて、試着室から出ると、店員も歓声をあげた。

「わあ、すごい。さっきと別人みたい!」

聞きようによっては侮蔑《ぶべつ》ととれるようなことばだったのに、わたしは少しも腹が立ったりしなかった。彼女が言っていることは本当だ。

彼女は、淡いブルーグレーと、ピンクの二枚のスタイリッシュなシャツを持ってきて、スーツに合わせた。

たしかに今わたしが持っているフェミニンなブラウスたちは、このスーツに似合わない。どちらがいいか、と迷っているわたしに、彼女は言った。

「こういうのあんまし持っていないんだったら、二枚とも買っちゃえば？」

たしかに、スーツを長く着るなら、シャツは一枚では少なすぎる。しかし、そうすると、予算は大幅にオーバーする。迷うわたしに、彼女は追い打ちをかけるように言った。

「カードでしたら、二回払いとかボーナス払いとかもできますよ」

カード。そういえば、それをこの前作ったばかりなのだった。二回払いなら、払えないわけではない。

カードを出して、わたしはスーツとシャツ二枚を手に入れた。

次の日、そのスーツを着て出社すると、周囲の反響は考えていた以上に大きかった。

「どうしたの？　内山さん。それ、すごい似合うじゃない」

「えへへ、欲しかったんだけど、我慢していたの。無理して買っちゃった」

「絶対、いつものよりそういうののほうがいいよ。あんた細いんだから、身体のラインが隠れるようなのもったいないって」

　普段は、女性社員の服装について、ほとんどなんにも言わない上司でさえ、「女の子は変わるなあ」なんて、しみじみとした口調で言ってくれたほどだ。

　廊下で堀さんと会った。

「あれ、内山さん？　わかんなかったよ。びっくりしたあ」

「おかしいですか？」

「そんなことないよ。すごくよく似合うよ。うん、びっくりしたよ」

　その日の彼はいつもより優しいような気がして、わたしは有頂天《うちょうてん》になった。

　きれいになることはそんなに難しいことではなかった。もちろん、女優みたいにきれいになることは無理だろうけど、今より少しだけきれいになる、それだけで周囲の反応はこんなに違うのだ。

　わたしは思い切って、お化粧をしてみたい、とまわりの女性社員たちに相談してみた。

　彼女らは、仕事の手順を教えるように簡単に、必要な化粧品とか、テクニックだとかを教えてくれた。きれいになるための方法は別に秘密ではなかったのだ。

　彼女らのお薦《すす》め化粧品をメモして、デパートの一階に買いに行った。それらは思っていたよりも高かったけど、しょうがないと思った。きれいになるには、それだけの出費と努力が必要なのだ。わたしは、今まで、そういうことをおろそかにしすぎていた。だから、堀さんにあんなことを言われてしまったのだ。

服も買った。毎日同じスーツを着るわけにはいかないし、だからといって、今まで着ていたような服に袖を通すのは、絶対に嫌だ。

クレジットカードはまるで、魔法のようだった。現金で数万円を出すのは躊躇してしまうのに、カードならばそれほど抵抗はない。しかも、二回払いや、三回払い、何カ月か先のボーナス払いまでできてしまう。

生活費にかけるお金はどんどん少なくなってきた。というよりも、給料日のあと、すぐに、カードの引き落としがあるので、それで、ほとんどがなくなってしまうのだ。

貯金などろくにできなかった。でも、わたしはまだ、垢抜けたきれいな普通の女の子たちに追いついていないのだ。今まで、後《おく》れをとっていた分、お金がかかってもしょうがない。いくら、お金なんか貯めても、きれいでいなかったら人生、至る所で損をしてしまう。これは必要な出費だった。

買い物をしすぎて、家賃さえもなくなってしまった月があった。わたしは、今持っているクレジットカードで、お金も借りられる、ということを思い出した。調べてみると、返済は一万ずつでいいらしい。それなら、気楽だ。

だが、次の月も家賃は払えない。もう一度借りる。ボーナスが入れば返済できる。そう思って借りるのだが、ボーナスはボーナスで、別の買い物の支払いに充《あ》てられるのだ。

なんとなく、歯車が狂い始めているのには気づいていた。だが、どうしてもやめられなかった。ウィンドウに並ぶ、今年流行のスーツやワンピース。それを手に入れないと、世界中の人から馬鹿にされてしまうような気がした。職場の女の子や、道を歩く女性は、だれもが、わたしよりもきれいで、流行の格好に身を包んでいるように見えた。

どうしようもなくなって、わたしは消費者金融の門をくぐった。可愛いキャラクターとコミカルなコマーシャルのせいで、罪悪感はほとんど感じなかった。来月から買い物を控えて返済に充てればいい、そう思っていた。

最初の限度額は二十万。決して無理な額ではなかった。買い物さえ控えれば、二、三カ月で返せる。少しずつでも期日を守って返済していけば、限度額はどんどん増えていくのだ。次は五十万、その次は百万。それは、「借りられる」というだけの金額なのに、わたしはなぜか、自由に使っていいお金のように錯覚しはじめていた。もう、そのころにはいろんな部分が麻痺《まひ》していたのだ。

そんな生活を二年も続けただろうか。もう、わたしはカードの明細にも目を通さないようになっていた。足りないと言われれば、どこかから、借りてきて払えばいい。そんなふうに思っていた。

自分が、どうしようもない状態になっている、と気づいたのは、本当に突然だった。夜中にがばり、と布団《ふとん》から飛び起きて、カード会社や消費者金融の明細を集めた。自分がいったい、どこからいくら借りているのかも、もうはっきりとはわかっていなかったのだ。次々に出てくる明細の山。全身から冷や汗が噴き出る。

計算してみると、わたしの借金は四百五十万を超えていた。一人暮らしのＯＬの給料で返せるはずはなかった。もう、利子だけを払っていくのがやっとなのだ。

わたしは実家の両親に泣きついた。まじめでいい子だったはずのわたしの愚行に、父は怒り、母は泣き、ショックで寝込んでしまった。それでも、持っていた土地を売って、わたしの借金を返済してくれた。

わたしは、実家に連れ戻された。反抗する気持ちはもうなかった。自分の手でカードを破棄《はき》して、東京から去った。

それからの毎日は静かなものだった。小さな会社で事務の仕事をして、会社が終わるとまっすぐに家に帰った。化粧品は近所のドラッグストアで必要なものだけを買い、通勤着も持っているものを着まわして、すませた。

もう、あんな思いはたくさんだった。

三十になったとき、わたしは近所の人の紹介でお見合いをして、結婚した。しあわせなはずだった。昔のあんな出来事なんか、忘れてしまったはずだった。

そう、そのはずだったのに。


玄関に、電気がついている。

わたしは凍《こお》り付いた。彼が、こんな時間に帰ってきているはずはない。

お義母《かあ》さんだ。そう思うと、頭がずきずき痛む。お義母さんは、マンションの合い鍵を持っている。わたしは何度か、彼に、勝手に部屋に上がられることの不快さを遠回しに伝えたが、彼はまったく気にしていないようだった。

「そのほうが便利だろ。親父も早く死んでしまったし、母さんは暇なんだよ。茜もいろいろ頼んだらいいんだよ。気さくな人だし、茜のことも気に入っているから気にしなくていいよ」

そう、お義母さんは、気さくで優しい人だった。意地悪をされたり、きつく咎《とが》められたことなどない。でも。

わたしはブティックの紙袋を、ガスメーターの横に押し込んだ。買い物をしたことをお義母さんに知られたくない。

バッグから鍵を出す。ドアを開けるといきなり、掃除機の音が聞こえてきた。

掃除をしているのだ。頭痛がいっそう激しくなる。下駄箱の上に生けられたスイートピー。朝はこんなものはなかった。可憐《かれん》な花なのに、ひどくふてぶてしく感じられて気分が悪かった。

靴を脱いで、部屋に上がる。

「あら、お帰りなさい。茜さん」

掃除機の音が止まって、寝室からお義母さんが顔を出す。

「また、おでかけ？」

ことばは、針のようにちくり、と胸を刺す。そう、お義母さんは責めたりはしない。けれど。

「ええ、ちょっと。銀行に用事があったものですから」

「そう、若い方はおでかけが好きね」

わたしは笑みを浮かべて、彼女の横を通り過ぎた。胸の中で叫ぶ。

(責めたいなら、責めればいいじゃない。でかけるなって言えばいいじゃない)

だが、お義母さんはそんなことは言わない。にこやかな笑顔とちょっとしたことばの下に針をひそめるだけだ。

もしかして、針なんかないのかもしれない。ただ、無邪気なだけのことばなのかもしれない。けれど、たしかにわたしの心は、痛みを感じる。

ダイニングのテーブルには、真新しいテーブルクロスがかかっていた。わたしは脱力感を感じて椅子《いす》に座り込む。

センスの悪いテーブルクロスだった。黄色地にピンクの花柄。まるで、駄菓子のパッケージみたい。

お義母さんは、掃除機を引きずって、ダイニングまでやってきた。

「そのテーブルクロスどう？　素敵だと思ったから買ってきたんだけど」

わたしは無理に笑顔をつくる。

「ええ、本当に素敵。いつもすみません」

「若い方の趣味とは合わないかもしれないんだけど」

わたしは、スカートをぎゅっと握りしめる。

本当にちょっとしたことばで、この人はひどくわたしを苛《いら》つかせる。

（そう思うなら、買ってこなきゃいいじゃない）

胸の中で毒づく。

厚かましそうにでっぷりと太った尻《しり》が、わたしの横を通り過ぎる。

「お疲れみたいね。お茶、淹《い》れましょうか」

あわてて立ち上がる。

「いいえ、わたしがします。お義母さんは休んでいてください」

「あらあら、お客さん扱いなんかしないでよ。好きでやっているんだから」

彼女は強引に、わたしを押しのけるとケトルを火にかけ、手慣れた仕草《しぐさ》で、戸棚から茶筒を取り出す。

どこになにがある、なんて全部わかっているんだ。そう思うといらいらはよけいに激しくなる。

「そうそう。駅前の魚屋さんで、新鮮な鰯《いわし》が出ていたから買ってきたのよ。今日の晩ごはんはつみれ汁にしたら？　真紀夫《まきお》が大好きなのよ」

(どうして、あなたに夕飯の献立まで決められなければならないのよ)

だけど、そんなことばを口に出すことはできない。彼女の行動やことばには、すべて善意のオブラートがかかっている。

お義母さんは、いつも彼に、わたしのことを誉める。わたしのためにいろんなものを買ってくる。家事も手伝ってくれる。

善意なんか大嫌いだ。おしつけがましくて、すえた匂いがする。苛《いじ》められるほうがどれだけましかしれやしない。

お義母さんが嫌いだ、と言えば、彼は悲しい顔をするだろう。あまりこないでくれ、と直接お義母さんに言っても、彼女はとても悲しい顔をするだろう。

まるで、わたしが悪いみたいに。

わたしはいっそう激しくなった頭痛を振り切るように立ち上がった。

お義母さんは、台所で鰯を開きはじめていた。生臭い匂いが漂《ただよ》っていた。

「あれ、母さんきたの?」

彼がふと、つぶやいた。

わたしはぎくり、として箸《はし》を置く。

「どうしてわかったの?」

「いや、このつみれ汁。母さんの味付けだからさ」

わたしは唇を咬んだ。どうして、そんなことがわかるのだろう。

「うん、夕方少しね」

「なんだ、晩飯一緒に食べていけばよかったのに」

たしかに、お義母さんは食べて帰りたそうだった。けれど、わたしがあえて、そう言わなかったのだ。これ以上長く一緒にいたくなかったから。

お義母さんは少しさびしそうに帰っていった。

(結局、わたしが悪者なのね)

食欲が失《う》せていくのを感じながら、わたしは口の中のものを飲み込む。

「ごめんなさい。気がつかなくて」

やっと、それだけ言った。

「茜には迷惑かけるけどさ、母さんもひとりで寂しいんだ。できるだけ優しくしてやってくれないか。娘ができたって、すごく喜んでいるんだから」

わたしは精一杯笑って頷いた。

「そうするわ」

彼は優しい。切《せつ》なくなるほどに。

プロポーズのとき、彼はわたしに言った。

「茜を世界中のあらゆるものから守ってあげたいんだ」

そんなことばを言われたのははじめてだったから、わたしは有頂天になったのだ。

今でも彼はわたしによく言う。

「茜はなんにも心配しなくていいんだよ」

そのことばを聞くたびに、たとえようもないしあわせに心が満たされるのに、わたしはどうしてこんなに不安になっているのだろう。

近所の人から、彼との見合い話が飛び込んできたとき、わたしはひどく驚いた。わたしだけではない。父も母も、最初は「人違いではないか」などと言っていたのだ。

墨田《すみだ》真紀夫。三十九歳。

年こそ、十近く離れているものの、初婚でもちろん子どももない。大阪でレストランやバーを経営する青年実業家。年収だって普通の男性の数倍だ。

見合い写真には、すらり、と背の高いまじめそうな男性が写っていた。目を見張るほどの二枚目ではないものの、優しげな顔立ちできっと、女性にももてるのに違いない。

彼は、うちの近所でわたしを見初《みそ》めたらしかった。友だちの家に用事があってきたものの、道に迷ってしまい、たまたま通りがかったわたしが、親切に道を教えて、案内してくれたのだと言う。

そういえば、そんなことがあったかもしれない。わたしはよく道を尋ねられるタイプだ。

これ以上いい話はない、と両親にせっつかれて、わたしは彼に会った。うさんくさい人ではないか、と不安だった気持ちも、何度か会ううちに消えていった。

優しい人だった。ことばの端々や、ちょっとした仕草からも優しさが滲《にじ》み出ていた。自然とわたしも、「この人と一緒に暮らしていきたい」と思うようになった。

そうして、その願いは叶えられ、結婚してからも、彼の優しさは変わらない。

だのに、どうして。

結婚して、しばらく経《た》ったころ、彼はわたしにカードを差し出した。

「これ、クレジットカード。茜の分も作っておいたから」

わたしは息を呑《の》んだ。あれから、カードには一切手を触れていない。

「大きい買い物をするとき、現金を持ち歩くのは不便だろ。ぼくの口座から落ちるようになっているから、気にせず使えばいいよ」

あれほど多額の借金をしながらも、わたしはカードの支払いや、消費者金融への利子の支払いは滞りなくやっていた。支払いさえ遅れなければ、ブラックリストには載らないのだろうか。それとも、たとえブラックリストに載っていたとしても、彼という夫ができた今では、まったく関係ないのだろうか。

いらない、とは言えずに、わたしはそのカードを受け取って、財布の中にしまった。
あの日から、わたしの悪夢は再び始まったのだ。

第二章　出会う

朝起きると、首が動かなくなっていた。

「寝違えたかな」

つぶやいて、首を回そうとすると、激痛が走る。

「いでででででで」

大袈裟《おおげさ》な声を出して、布団に倒れ込む。こんな状態で動きたくはない。かといって、会社を休むわけにはいかないのだが。

手で触ると筋肉がまるで骨のように固く強《こわ》ばっているのがわかる。

なにか、首が凝《こ》るようなことでもやっただろうか。昨日は一日、社で原稿書きと、外部のライターの原稿待ちをやっていた。たしかに、パソコンは結構使ったから、首が凝ってもおかしくはない。肩こりにはしょっちゅう悩まされている。

なんとか起きあがる。次の号の入稿は昨日ほとんどすませている。休めなくもないのだが、寝違えごときで休むのもおかしいだろう。

一ミリでも動かすと、激痛が走るので、できるだけ首を動かさないように移動する。なんとなく湿った万年床を出て、散らばるビールの缶をまたいで、洗面所に行く。普段は、まったく平気だが、こんな日には「結婚したいなあ」と、つぶやきたくなる。汚れた洗面所の鏡で、髪を整え、なんとか服を着る。首を動かさずに服を着ることが、こんなに大変とは知らなかった。

このあと、電車に揺られて会社までたどり着かなければならないかと思うと気が遠くなる。

ぼくは鏡の中の自分に向かって言った。

「なに、へこんどんねん。雄大《ゆうだい》」

「ちーっす」

入稿あとの編集部は、いつもよりほんの少しのんびりとしている。とはいえ、その乱雑さといったら、すでに「秘境」の域に達しているのだが。

「どうした、雄大。なに不景気な面《つら》しとるんや」

編集長には、一日でその日の体調や気分を言い当てられてしまう。編集長曰《いわ》く「おまえが、頭ん中だだ漏《も》れな顔しているから悪い」だそうだが。

「どうもこうもないっすよ。寝違えて首まわらないんすよ」

「なんや、ゆうべおねえちゃんと、無理な体勢で楽しんだんちゃうんか」

「そんな色っぽい話やったらええんですけどね」

なんとか、自分の席にたどり着く。ここまでくるだけで、普段の一日分くらいの体力を消耗してしまった。普段、当たり前のように動いている部分が動かない、ということがこんなにしんどいとは思わなかった。

「ああー。帰りたいー」

「きて早々、ええ度胸やな。小松崎《こまつざき》」

隣りの席の沢口《さわぐち》が笑う。

「いやもう、ほんっましんどいねんて」

「自堕落《じだらく》な生活しとるからや」

「うー」

うちの編集部は「週刊関西オリジナル」という週刊誌を出している。週刊誌、とはいえ、関西ローカルの弱みで、有名タレントのゴシップやグラビアが載《の》るわけでなし、ネタといえば、やくざとお笑い芸人の話がほとんどで、いったいだれがこんなものを読むのか、と作っている側も不安になることがある。しかし、廃刊にならない程度は売れているらしく、ぼくもどうにか路頭に迷わずにすんでいるわけだ。廃刊にならないのは、オリジナル新社がほかに出している、若い子向けのお洒落《しゃれ》スポット紹介雑誌や、グルメ雑誌が売れているから、という噂もあるにはあるのだが。

「湿布《しっぷ》薬あるけど、どうする？」

異常にまめな沢口が、机の引き出しから筋肉痛の湿布薬を出してみせる。こいつは、泊まりのとき、給湯室で夜食の雑炊《ぞうすい》を作るような男なのだ。

「一枚くれるか？」

もらって片側の首に貼るが、いっこうに楽にならない。それどころか頭痛もしてきたようだ。

机に突っ伏して呻《うめ》く。いっそ殺してくれ、という感じだ。

とたんに後ろ頭をどつかれた。軽くではあるが、首にぐわん、と響く。

「いってえー」

「なに大袈裟に言ってるんや」

編集長が、丸めた今週号片手に立っている。どうやら、それで殴られたらしい。

「頼んますよー。今、ほんまに辛《つら》いんす。優しくしてくださいよ」

「あかんあかん。会社で寝るな。今度の『スクープ！』の話やねんけどな。ちょっと会議室きてくれるか？」

渋々《しぶしぶ》ノートを手に立ち上がる。記者が交代で、ひとつのネタを一カ月ほどの短期連載という形で追いかける『スクープ！』というコーナーは、次回はぼくの担当だった。まあ、実際はスクープでもなんでもない、ありふれたネタを扱うことが多いのだが。

机がひとつとパイプ椅子《いす》が四つしかない、小会議室に入り、編集長と向き合って座る。

「次回やねんけどなあ。若い女の子の金銭感覚のおかしさ、みたいなもんを取り上げて欲しいんや」

「はあ？」

「いや、なんか聞いたんやけど、最近の二十代、三十代の女性はなんや、妙なところに金をかけるらしいで、化粧品に月十万以上とか、下着一セットに十万円とかな。だから、そういうことを調べて、書いてくれ。ほかにもブランド狂いみたいなもんや、カード破産みたいなもんも絡《から》めてくれ。わかっていると思うけど、視点は『最近の若い女はこんなにおかしい！』やで」

頭痛はいっそう激しくなる。しかし、首を振って払うこともできないのが辛いところだ。

「いや、でも……」

「なんや」

「どんなふうな金の使い方しようが個人の勝手やと思うんですけど」

また、丸めた今週号が飛んでくる。今度はなんとかよけたが、動かした首に激痛が走った。

「いでででででで」

「なんや、おもろいなあ。叩かんでも痛がっとるわ」

「笑い事やないすよ」

「あほか。せやから、おまえは甘いんや。『個人の勝手』では記事にならんやろう。ええか、うちのメイン読者はおっさんや。おっさんは若い女をバカにした記事が大好きなんや。それはなんべんも言うたやろ」

「若い女のグラビアも載せるくせに」

「それとこれとは別や」

ぼくは唸《うな》った。ただでさえ、首が痛くてやる気が削《そ》がれているのに、取材意欲の湧《わ》く内容ではない。

「これをおまえにまかせるのも、おまえがここでいちばん若いからや。どうや、女友だちたくさんおるやろ。そういうとこからたどって、金銭感覚のおかしい女を探してくれ」

女友だち数人の顔を思い出すが、どいつもこいつも、下手《へた》な男よりたくましいやつばかりである。「若い女はバカ」と最初から決めつけた内容の記事を書くため、取材させてくれ、などといえば、頭から道頓堀《どうとんぼり》に投げ込まれそうだ。

「とにかくまかせたで。二週間後までに、全四回の原案をまとめてくれ」

「ふぁい」

「なんや、そのやる気のない返事は」

編集長はもう一度今週号を振り上げたが、さすがにぼくがかわいそうになったのか、そのまま下ろした。

「そうと決まったら、でかけたでかけた！」

蹴《け》り出されるように、ぼくは会社をあとにした。

さて、どうしたものか。

心斎橋《しんさいばし》筋を難波《なんば》に向かってのろのろ歩きながら考える。ちょっと他人と肩が触れても痛いので、ぶつからないように細心の注意を払って歩く。まるで、警察から逃げまわっている指名手配の犯人か、お上《のぼ》りさんのような歩き方だ。

とりあえずは、デパートかどこかへ行って、最近の女性の買い物傾向でも調べるのが、いちばんの近道かもしれない。

だとしたら、心斎橋方面に行ったほうが百貨店の数は多いか。

そう思って、ぼくは急に足を止めた。とたんに、背中にどん、となにかがぶちあたる。

たぶん、後ろを歩いていた人間が、ぼくが急に止まったことに気づかなかったのだろう。

だが、そんなことは考えている余裕はない。ぼくは首を押さえてしゃがみ込んだ。

「いでででででで」

「きゃあー。ごめんなさい!」

女の子の黄色い声。

「大丈夫ですか? 大丈夫ですか! ごめんなさい。わたし、気づかなくって。だって、急に止まるから……。ああ、どうしよう」

大丈夫だ、と言おうとしたが痛みで声がでない。

「どうしよう、わたし、そんなに強く当たりましたか? 大丈夫ですか?」

女の子がしゃがみ込む気配がする。なんとか、「きみのせいやない」と言おうとして顔を横に向けると、白い頰《ほお》がすぐそばにあった。あまりの至近距離に、また息が詰まる。

可愛らしい女の子だった。肩の辺りで切りそろえられた髪、ふっくらとした柔らかそうな頰、色白の肌と対照的な黒い眸《ひとみ》。ぼくはなんとか、呼吸を整えると手で合図した。

「いや、大丈夫です。気にしないで行ってください。急に止まったぼくが悪いんやから」

「でも、でも、そんなに痛そう……。あの、すぐそばに上手な接骨院があるんです。そこ行きましょう！」

ぼくは思わず、「げ」とつぶやいた。実を言うと接骨院とか、整体とかいうものには、いい印象を持っていない。昔、肩こりの治療に行ったとき、思いっきり背骨をぼきぼきいわされて気分が悪くなったことがあるのだ。

「本当に大丈夫です。実は朝から寝違えて首が痛かったんですよ。あなたとぶつかったせいで痛くなったわけじゃないんです」

しかし、彼女は大人しそうな外見に似合わず強情だった。ぼくの手をとって引っ張りかねない勢いだ。

「だったらなおさら行きましょう！　うちの先生、すっごく上手なんです。安心してください」

ぼくは思わず尋ね返した。

「そうです。わたし、そこで働いているんです！」

なんだ、それなら質《たち》の悪い客引きと変わらないじゃないか。しかし、ぼくは少し考えた。実をいうと、さっきからぼくの手をつかんでいる彼女は、かなりぼくのタイプなのだ。色白でグラマーなぽっちゃり型、というのはぼくの好きになる女性の共通項である。特にふっくらした女の子は昔から好きで、ダイエットということばを聞くと腹が立つくらいだ。太りすぎの人が痩《や》せたがるのはともかく、ぼくが「もう少しふっくらしたほうが色っぽいかなあ」と思うような女性まで痩せたがるのはどういうことなのだろう。

ともかく、彼女はかなり可愛かった。彼女とお近づきになれるのなら、一度、その接骨院に行ってみてもいいかもしれない。実際、首が痛いのは事実なのだから。

彼女は、返事を待つようにぼくの顔をのぞき込んでいる。

ぼくは、ごほん、と咳払いをした。

「じゃあ、そこに行ってみようかな」

彼女の顔にぱあっと笑みが浮かんだ。可愛い女の子が笑うのを見るのは気分がいい。

「本当にすぐそこなんです。行きましょう」

心斎橋筋を東に折れて、何度か曲がる。彼女はぼくを、古い五階建ての雑居ビルに連れていった。居酒屋やバーばかりが入っていて、とても接骨院があるように見えない。

エレベーターに乗り込むと、彼女は五階のボタンを押した。

「ここなんです」

見れば、階数ボタンのてっぺんに「接骨・整体　合田《ごうだ》接骨院」という手書きのプレートが貼ってある。ぼくは一気に不安になった。どう見ても、繁盛《はんじょう》しているようには思えない。可愛い女の子に釣られて、変な接骨院に行って、骨をぼろぼろにされたあげく、多額の治療費を請求される、などということはないだろうか。

ぼくは改めて彼女の顔を見た。二十二、三だろうか。白いマシュマロのような肌がまぶしい。少し下がった目尻と両端の上がった唇。笑わなくても、笑顔を感じさせる顔立ち。

どうとでもなれ、と思う。

まあ、そんなことがあっても、こちらにはペンという武器がある。ぼったくりバーならぬ、ぼったくり接骨院なんて、いいネタではないか。

腹をくくったとき、エレベーターは五階に着いた。

「すいません。ここから階段なんです」

「え、でも、ここが最上階なんじゃ」

「屋上なんです」

不安がまたぶり返す。表情に出てしまったのか、彼女はあわててぼくの腕をつかんだ。

「本当に上手なんです。一度治療を受けてみてください」

なんです。ただ、あんまし商売上手じゃないから、こんなところにいるだけ

「いや、ここまできたんだから、受けて帰るけど……。治療費は高くない？」

彼女はにっこりと笑って頷いた。

「だいじょうぶです。保険だってききます」

なるほど、保険治療ができるのなら、そう怪しいわけでもあるまい。ぼくは少しだけ安心した。

非常階段で屋上に上がって、扉を開ける。まわりを高いビルに囲まれた谷間のような屋上に、ちゃちなプレハブが建っていた。ドアの横に、どこかから拾ってきたような板に黒々とした墨で、「接骨・整体　合田接骨院」と書かれている。その横には「保険診療あり」の札もぶら下がっていた。

彼女は引き戸を開けて、中に入った。

「ただいまあ」

中はカーテンで仕切られていて見えない。手前の受付らしいカウンターの下から、白衣を着た女性が顔を出した。

「あら、歩《あゆむ》。早かったやん。もう昼御飯買ってきたん？」

ぼくを連れてきた女の子は、あ、と声をあげた。

「いやん、忘れていた。でも、それどころやないの。お姉ちゃん。急患やの」

歩、と呼ばれた彼女は、ぼくの背中を押すようにしながら、中に呼びかけた。

「力《りき》先生ー。急患ですー」

中から男性の声だけが返ってくる。

「先、問診票書いてもらえー」

白衣を着た女性が歩ちゃんに話しかける。

「さっき、峰《みね》さんきたからね。ちょっと時間かかるかも」

彼女はゆっくりと歩いてきて、ぼくに一枚の紙を差し出した。下から挑発的に微笑む。

「これ、書いてくれる？」

ぼくはまるで、女教師になにか命令された生徒のような気分になって、紙を受け取った。

「お姉ちゃん」と呼んでいたのだから、姉なのだろうが、歩ちゃんとは、まったく正反対のタイプだった。短く刈《か》った髪と、勝ち気そうな眸。少し日焼けした肌にはそばかすが浮いている。歩ちゃんより二、三歳上だろうか。少年のように細い身体をしているのに、なぜかとてつもなく色っぽい。

しかし、大して繁盛もしていなさそうなのに、どうしてこんな美女ふたりも雇っていられるのだろう。そう思いながら、渡された紙に目を通す。

そこには事細かに何十もの質問事項が書かれていた。身長や体重、既往症だけでなく、普段の生活パターンや、睡眠時間、好きな食べ物まで。

なんで、たかが接骨院でこんなことまで聞かれるのだろう。げんなりしていると、姉の方の声が飛んできた。

「面倒くさいかもしれないけど、身体のことはトータルで考えないとあかんからね。申し訳ないけど書いてくれる？」

「あ、はい」

思わずいい返事をしてしまう。ますます女教師と男子生徒だ。そっと顔を上げると、カウンターに肘《ひじ》をついている彼女と目があった。にっこりと妖艶《ようえん》に微笑まれ、ぼくはあわてて問診票に視線を落とした。

ひとつひとつの質問に丁寧《ていねい》に答えていく。改めて、自分があまりいい生活をしていないことに気づかされる。睡眠時間は毎日五時間以下だし、食事だってコンビニ弁当かカップラーメン、外食がほとんどだ。酒だって毎日飲んでいるし、煙草も吸う。

全部の質問に答え終わるのには十分以上かかった。

奥のカーテンが開いて、老人が中から出てきた。老人は深々とお辞儀をする。

「どうもありがとうございました」

「はい、お大事に」

そっけない返事。しかし、ほかにもちゃんと患者がきている、というのはなんとなく安心である。

歩ちゃんがぼくの書いた問診票を持って中に入る。中でどうやら、ぼくと出会った経緯を説明しているようだ。

「はい、じゃあ、小松崎さん入って」

歩ちゃんが出てきて、ぼくに入るように促《うなが》す。ぼくは覚悟を決めてカーテンをくぐった。

接骨院というからには、筋骨隆々の男性がいるもの、と思っていたのだが、ベッドの脇に立っているのは三十四、五の、華奢《きゃしゃ》ともいえるような体格の男性だった。五分刈りの頭に彫りの深い顔立ち、どこか修行僧を思わせるような雰囲気がある。鋭い三白眼でこちらをちらりと見て、むすっとした表情のまま、ベッドを顎《あご》でしゃくった。

「上脱いで、横になれ」

ぼくは上着を脱いで、シャツのボタンを外《はず》しはじめた。彼は問診票に目を通している。

「小松崎雄大か。大きいのか小さいのかようわからん名前やな」

「はあ、よう言われます」

上半身裸になり、ベッドにうつぶせになる。彼の手が、すうっと背中を撫《な》でていった。

「ひどいもんやな」

「え？」

「よう、ここまでなるまでほっといたな」

意外なことばに驚いて、首を動かすと、また激痛が走る。

「いでででで」

「そら、痛いはずや。めちゃめちゃや」

「いや、ただの寝違えですよ。大したことないです」

彼は、ふん、と鼻を鳴らした。

「寝違えとちゃうで、これ」

じゃあ、なに、と聞こうとした瞬間、彼の手が足首をつかんだ。靴下を脱がされる。ぽかん、としていると、いきなり足先に激痛が走った。

「痛《い》ってえー！」

思わず叫ぶ。首のとはまた違う重苦しい激痛だった。

「先生！　痛いっす。痛いっす」

「我慢せえ」

治療に必要な痛みなら我慢する。だが、首の寝違えできているのに、なぜ、足をつかまれなければならないのか。しかも、こんなに痛いなんていったいなにをしているのか。わからないのに我慢などできるはずはない。

ぼくは必死で叫んだ。

「先生！　痛いのは首なんです。足はなんともないっす！」

「あほか。そんなひどい状態の首、いきなり触れるか。足も首も繋《つな》がっているんや」

ぼくはなんとか身体をよじって振り返った。いったい、足にどんな暴力が加えられているのか見なくてはならない。

だが、先生はただ片手で足首を持ち、もう片方の手で親指の付け根を触っているだけだった。どう見ても、それほど力を入れているようには見えない。しかし、この痛みは尋《じん》常《じょう》ではない。

「こら、大人しくしとれ」

ぐいと、背中を押されて仕方なしにうつぶせになる。痛みから解放された、と思った瞬間、もう片方の足に痛みが走る。

歯を食いしばって、ベッドの端を握りしめて耐える。

「息を止めるな。吐け！」

そんなこと言われても、こんな激痛の中で自由に呼吸ができるわけがない。精一杯言われるままに、息を吐き、吸う。だんだん痛みのリズムが一定になってきたので、それに合わせて呼吸をした。

先生の手が足を離れた。痛みから解放されて深くため息をつく。

今度は背中の上にまたがられる。最初からこんなに痛いのだから、これからどんな目に遭《あ》わされるかわからない。ぼくは覚悟して目を閉じた。

彼の指が頭のてっぺんをきつく押さえ、次に側頭部をリズミカルに押さえていく。

あれ？　と思う。首の痛みがやわらいでいるような気がした。さっきまでは一ミリ動かしても激痛が走った。今は先生が頭を動かしているのにそれほど痛みは感じない。

頭を押さえていた指が首へと下りていく。予想に反して痛みはほとんどなかった。それほど強くない力で、順番にツボを押さえられていく心地よさ。ボキボキと派手に骨が鳴ることはなかったが、ある場所に来ると、かくっと小さく骨が動く感触がある。

次は背中、背筋にそって下りてくる手が、順番に背骨を探り、ぐっと力を入れる。ところどころ、痛い部分もあるが、我慢できないほどではない。

身体中の力が抜けていく。骨を抜かれたような気分になって、先生の手に身を任せる。居眠りでもしてしまいそうだ。

念入りに背中のあちこちを押さえられた後、今度は、また足をつかまれる。肘で、太ももを押さえられて、膝をいろんな方向に動かされる。片足が終わったら、もう片足。

「ほら、座れ」

背中を軽く叩かれて、ぼくはのろのろと起きあがった。今度は座った姿勢のまま頭をつかんで首を動かされる。しかし、痛みはまったく感じない。

最後に両腕を交叉《こうさ》してつかまれ、膝で強く背中を押される。背骨がかくっと動く感じがしたが、不快感はない。

「はい、終わり。どうや」

驚いたことに首はまったく元通りになっていた。曲げても回しても、痛みどころかひっかかりも感じない。それだけではない。身体中がひどく軽い。まるで、身体の中心をすうっと風が吹き抜けていくような感じだった。

ぼくはまだ、ぼーっとしたまま、答えた。

「はあ、ええです」

「そうか、よかったな」

ぽん、と背中を叩いて、先生はベッドの向かいに置いてある椅子に座った。

「終わりですか？」

「そうや」

なんだか、深い眠りから覚めた後のように頭がぼんやりしている。ふらふらと、カーテンを開けて外へ出る。

歩ちゃんは受付の前の椅子に座っていた。いつの間にか白衣に着替えている。

「小松崎さん、どうですか？」

「あ、よくなったよ」

彼女はにっこり微笑んで受付の中に入った。

「よかったですね。ね、わたしの言ったとおりでしょ」

言われるまま、考えていたよりずっと安い治療費を払う。もう一度首を回してみるが、まったく違和感はなかった。

そういえば、彼女にお礼を言うのを忘れていた。

「いや、どうもありがとう。きみが連れてきてくれたおかげや」

「いえいえ、お役に立ててうれしいです」

食事にでも誘おうか、なんて考える。しかし会ったばかりで、それはあまりにずうずうしすぎるだろうか。

いきなり、カーテンがじゃっと開いて、先生が顔を出した。

「自分、ちょっと通ったほうがええで」

ぼくは自分より、やや高い先生を見上げる。にこりともせず、顎を撫でている。

「え？　でも、もうよくなりましたよ」

「痛みが引いた、というだけや」

「痛くなくなればいいんですけど」

先生は、口をへの字にして、ぼくを見下ろした。そのままカーテンを閉める。

「そうか。じゃあ、好きにせえ」

いきなり、歩ちゃんが大声を出した。

「先生！　面倒くさがらないで、きちんと説明してあげてください」

カーテンが今度はのろのろと開いて、また先生が顔を出す。眉間《みけん》に紙でも挟《はさ》めそうなほど皺《しわ》が寄っている。

「いや、本人がええなら、もう別にええやろ」

「それでもきちんと説明するのが医者の役目じゃないんですか！」

困惑したように頭を掻く。

「あきらかに病気や、というわけでもない――」

「そんなの言い訳です。ちゃんと、なぜ、通った方がいいのか説明してあげてください」

彼は深くため息をついた。ぼりぼりと頭を掻《か》きながら、待合室の椅子に座る。

「頸骨《けいこつ》と腰骨が右の方へずれている。一応治しておいたけど、そういう癖がついているから、すぐに元通りになる可能性が高い。定期的に通って調整した方がいい。自分、普段いっつも左向く姿勢をとっているんちゃうか」

改めて、考える。会社のパソコンは、少し右の方に寄せるように置いてある。しかし、ぼくの席は右端なので、だいたいだれかと喋《しゃべ》ったりするときは、左を向く。つまり、身体はパソコンの方に向けたまま、顔だけ左を向くということをよくやっていることに気づく。

「胃も悪いやろ。飲んだ酒が抜けるんが遅いんちゃうか」

当たった。どうしてそんなことまでわかるのだろう。問診票にはそんなことは書かなかったはずだ。

「自分では気がついてへんかもしれへんけど、腎臓《じんぞう》もあんましええことないな。塩辛《しおから》いものとか好きやろう」

それほど、塩辛いものが好き、というわけではないのだが、普段、カップラーメンか外食がほとんどだったら、塩分の取りすぎにはなっているだろう。

「そんなん、背中見ただけでわかるんですか」

「ああ、背中の皮膚と背骨見たらわかる」

「で、通ったら治るんですすか」

彼は、視線をぼくに投げかけると、ふん、と鼻を鳴らした。

「ま、通わんよりましちゃうか」

「先生！」

歩ちゃんに叱られて、首をすくめる。

「先生がそんなだから、患者さんが怪しがってこなくなってしまうんですよ！」

「本人に治す気がなけりゃ、おれのできることなんてほんの少しや」

「患者さんを治す気にさせるのも先生の役目なんじゃないですか！」

「そんなん言うても……」

ぼくは歩ちゃんと先生の間に割って入った。

「あ、おれ、通います。さっきの治療ですごくすっきりしたたし。最近体調悪いとは思っていたんです」

先生は眉間を押さえながら頷いた。

「通ったからって、必ずようなる、というもんでもないで。自分が生活とか、普段の姿勢とかを改善していかんと」

少しむっとする。通えといったのは自分ではないか。歩ちゃんは呆《あき》れたように口を尖《とが》らせている。

ぼくはさっきから気になっていたことを尋ねた。

「先生は、おれの首、寝違えじゃないって言いましたけど、じゃあいったいなんなんですか」

彼はすっと手を伸ばして、ぼくの首の付け根をつかんだ。

「悪い気がな、ここに溜《た》まっとる」


社に戻ったら、すでに夕方だった。ぼくは自分の机をぼんやり眺《なが》めながら、考えた。

たしかにあの先生は、ぼくの普段の姿勢や体調を言い当てた。首の痛みもいっぺんで治してくれた。でも。

「なんかうさんくさいんだよなあ」

「おい、大きな独り言やな」

いつの間にか後ろに立っていた沢口がぐい、とぼくの頭を押した。

「あれ？　もう痛ないの？」

「あ、ああ。もう治った」

「えらい去り際のきれいな寝違えやな。おれなんか寝違えたら、二日くらいずっと痛いで」

「おれも普通はそうやねんけど」

そう言いながら、ぼくは机の上を片づけはじめた。右にずらして置いてあったパソコンを正面に置き、電話の位置も移動させる。

「なにしてんの？」

「ん、生活の見直し」

「なに言うてんねん。首の痛みが頭にまできたか？」

なんと言われてもかまわない。とにかく今日は飲まずに早く帰ろう。彼の言うことが正しいかどうかはともかくとして、たしかにあの首の痛みは、身体の悲鳴だったのだと思う。

あんな痛みはもうたくさんだ。

見事に追い出された。

ぼくは恨《うら》みを込めて、背後の店をにらみつけた。

編集長から言いつけられた取材をするために、ぼくは若い女性に人気のブランドショップに取材を申し込んだ。バッグひとつが十万以上するのに、夕方の心斎橋でも歩いていれば、持っている子はいくらでもカウントできる、そんな店だった。

だいたい、最初から向こうは、こっちのことを怪しんでいた。「週刊関西オリジナル」なんてはっきり言って高級感の欠片《かけら》もない週刊誌だ。お洒落スポットマガジン「タルト」の名前でも借りればよかったのかもしれないが。

なんとかアポイントを取り付けて、店に行き、取材したい内容を話したとたん、ただでさえいいとはいえない対応が、もっと悪化した。

ぼくとそう年の変わらないように見える店長はすっくと立ち上がって、店の出口を指さした。

「お帰りください。うちのお客様はみんな一流の方ばかりです。分不相応な買い物をされる方などいらっしゃいません」

一流って具体的にはどういう状態やねんとつっこみを入れる間もなく追い出される。

ぼくは肩を落として百貨店の高級ブランドショップが並ぶ通路を歩いた。どの店もあえて入りにくいような敷居の高さを演出している。こんな通路にいるだけで肩が凝りそうだ。

編集長に言えば、いつものように叱責《しっせき》されるだろう。

「おまえの取材は、馬鹿正直なんや。もっとうまく立ち回ってネタを拾え！」

へえへえ、仰《おお》せの通りです。だが、持って生まれた性分はそう簡単に変えられそうもない。

とにかく別のルートを探さなければならない。

いつの間にか、高級ブランド売場を抜けて、婦人雑貨の売場にきていた。甲高《かんだか》い女性たちのおしゃべりと、心地よいだけの音楽。美しくディスプレイされた靴たち。彼女がいるときは、デートやプレゼントをするために訪れたりしたが、ここ最近はすっかりご無沙汰《ぶさた》している。もっとも、あまり好きこのんで訪れたい場所ではないが。

ふと、ぼくは足を止めた。

視線の先に見覚えのある女性がいた。試《ため》し履《ば》きするための椅子に座って、サンダルに足先を突っ込んでいる。

　ぼんやり見ていると、顔を上げた彼女と目が合った。

「あら」

　ぞくっとするほど色っぽい微笑。あの接骨院の受付にいた女性だった。

「小松崎さんだったわよね。平日の昼間、デパートの婦人靴売場なんて、妙なところで会うわね」

　ぼくは肩をすくめて彼女のそばに寄った。歩ちゃんとはまったく似ていない、と思ったが、涙袋のぷっくりした目の形が同じだ。

「別に遊んでいるわけじゃないんですよ。仕事の帰りなんです」

「デートとかじゃないの？」

「違いますよ。ひとりですよ」

「ふうん」

　彼女は少し疑わしそうに、ぼくを見上げた。履きかけのサンダルを、足先でぶらぶらさせる。

「あなたこそ、接骨院はいいんすか。ええと……」

「江藤恵《えとうめぐむ》。恵でいいわよ。今日はお休みなの。あそこ、土曜日もやっているから、平日に歩と交代で一日ずつお休みもらっているの」

「なるほど」

「ね、小松崎さん暇？」

「え、まあ、少しなら時間ありますけど」

「新しいサンダル買おうと思っているの。一緒に見てくれへん？」

ちょうど、位置的に上目遣いに見上げられることになり、ぼくはその、誘うような視線にどぎまぎする。

「あ、別にいいですけど」

恵さんは、履いているサンダルを脱いで、棚に戻した。

「どんなのを探しているんですか」

「うーん、今着ている格好に合うようなのが欲しいんやけど」

彼女は赤い花柄の、南国風のスリップドレスを着ていた。痩せぎすだから、胸元は骨っぽいが、そこからのぞく控えめな谷間が生々しくて、ぼくは目を逸《そ》らした。

ヌードグラビアの均整のとれた身体とは違い、普通の女性の身体には、なにか不思議な肉の質感のようなものがある。

（なるほど、痩せた女の子、というのもなかなかいいものだな）

彼女は、赤いビーズのついたサンダルを手に取った。

「あ、これ可愛い」

「いいんじゃないですか?」

そう答えると軽くにらまれた。

「そんなつまんない感想聞きたくない」

「いや、そんなこと言っても、おれ、女性のファッションは全然詳しくないですから」

「なにもファッションに詳しい人に選んでもらおうなんて、思ってへんもん」

そう言って彼女は、ぼくの耳に顔を近づけた。

「小松崎さんは、どんなサンダルを履いた足が好み?」

耳に一瞬息がかかって、ぼくはびくん、と飛び退《の》いた。彼女は悪戯《いたずら》っぽく笑う。

「え、いや。あんましそんな、好みなんて、考えたことないですから」

さっきのビーズのサンダルが鼻先につきつけられる。

「じゃあ、自分の好きな彼女の足から、どんなサンダルを脱がしてみたい?」

言われて思わず、想像する。

すうっと伸びたきれいな脚が目の前にある。その先に赤いビーズのサンダルを履いた白い足。足首に絡《から》んだベルトを外して、ゆっくりそれを脱がせていく。それから……。

ぼくはぶんぶんと頭《かぶり》を振って、妄想を振り払った。男子中学生なら鼻血を出すところだ。

恵さんはくすくすと笑った。なにやら、さっきから玩具《おもちゃ》にされているような気がしないでもない。

ぼくは精一杯威厳を保とうとして答えた。

「そのサンダル、脱がしてみたいですよ」

「そ。じゃあ、これにするわ」

彼女は軽く足を通して、合うかどうか確かめると、店員のところにそれを持っていった。


食事に誘ってよ、と言われたので、いいですよ、と答える。彼女の誘い方は上手だ。遠回しすぎることもなく、かといって、男を萎縮させることもない。

お洒落なところじゃなくって、美味《おい》しいものが食べたい、という彼女の注文で、ぼくは彼女を、よく行く中華料理店に案内した。油っぽい、お世辞にもきれいだとはいえない店だが、味には間違いがない。

ラムとトマトの妙《いた》め物や、おこげ料理、水餃子《すいギョーザ》や炒飯《チャーハン》などを適当に注文して、ふたりでつつく。彼女は旺盛《おうせい》な食欲を発揮して、料理をわしわしと平らげた。

「小松崎くんっていくつ?」

「おれですか、二十七です」

「あ、わたしと一緒」

「歩ちゃんは?」

「あの子は二十五」

なるほど、童顔のせいで、少し若く見えるようだ。

「そういえば、わたし、あのあと用事で外出しちゃったけど、先生になんて言われたの?」

「あ、ああ、しばらく通えって」

「ふうん、結構ひどいんや」

ぼくは重いガラスのコップにビールを注《つ》いだ。

「こういうこと言うの失礼やとは思うけど」

「なに?」

「あそこ、繁盛しているんですか」

彼女はライスの茶碗を手に、首を傾《かし》げた。

「わたしと歩の給料を払って、なおかつ先生が飢え死にしないくらいは繁盛しているんちゃう?」

「それは繁盛とは言わんでしょう」

「まあね。でも、しょうがないわ。力先生、あのとおりの変人やもん」

それはなんとなくわかる気がする。

彼女は水餃子をぱくん、と一口で食べてから遠い目をする。

「でもね。腕は確かなんよ。施術してもらったからわかると思うけど」

たしかに、首の痛みが一度で引いたのには驚かされた。

「わたし、以前も接骨院の助手やっていたし、今、鍼灸《しんきゅう》学校にも通っているからわかるんやけど、ああいう施術って、技術や知識だけでは量れないなにかがあるのよ。センスというか才能みたいなもんやね」

「そうなんですか」

「たしかにきちんとした知識とか、技術というのも習わないとあかんねんけど、それだけでできるもんでもないんよ。あの先生は、そのあたり、一流。身体の声を聞く、という感じなんかな。その人の背中を見て、触っただけで、普段の生活とか病歴とか、全部わかるみたい」

「たしかにおれも言い当てられたけど」

「でしょ。わたしも勉強してみて、ある程度はわかるようになったけど、先生ほどやないもん。で、先生に聞いてみたんやけど、先生も全部は、きちんと説明でけへんみたい。たぶん、感覚的な部分が大きいんやないかなあ。ま、単に説明するのが面倒くさいだけかもしれへんけどね」

空《から》になった皿を、隅《すみ》のほうに移動させながら尋ねる。

「それでも、あんなしょぼい場所で開業しているんですか」

「だから、それは性格だってば」

彼女は手をあげて、焼きそばを追加注文した。よく食べる女だ。まあ、安い店だから別にかまわないが。

「説教とか、人の生活に口出しするのが嫌いなんだって。そんなの整体師として致命的やんねえ」

「うはは」

残ったビールを、彼女のグラスに注いでやる。

「だから、きた人だけを治療するって感じで、あんまし、患者さんをきちんとつかまえておこうって気もないみたいだし、おまけに、ぶっきらぼうで気まぐれだから、患者さんに愛想を尽かされることも多いし。でも、それでも通ってくれる患者さんは結構いるわよ。どこに行っても治らなかったひどい腰痛を治してもらったりしてね」

「じゃ、恵さんの率直な意見としては、ぶっきらぼうだけど腹を立てずに、通ったほうがいいってことですか」

「そ。でも、先生が言ったことをきちんと守らなかったりしたら、先生から追い出されることもあるわよ。もうくるなってね」

まったく、豪快というか、商売っ気のない男だ。

テーブルの上の皿はあらかた空になった。ぼくは満足そうに、食後のジャスミン茶を啜《すす》っている彼女に尋ねた。

「どうする？　まだ八時やけど、もう一軒飲みに行きますか？」

彼女は軽く首を傾げた。

「うーん、それもいいけど……」

テーブルをのりこえるようにして、ぼくの耳に囁く。

「ホテル行こっか」

思わず、ジャスミン茶を吹きそうになる。

「な……」

「あかん?」

上目遣いの魅惑的な視線。唇が妙に赤く見える。

「いや、あかんっちゅーか、なんというか……」

「ええやん。行こ?」

「おれら、ほとんど初対面みたいなもんで……」

「初対面やないよ。二回目やん」

一回目はそんなん、会ったうちに入らん、と言いかけて開いた口に、彼女の指が伸びてふさがれる。

「ね。先生や歩には内緒にしておくから」

はっきり言って、そのことばに抵抗できる男は、かなり意志の強い奴に違いない。情けないと思われるかもしれないが、ぼくはこっくりと頷いてしまった。

こんな積極的な女性だから、さぞ、めくるめく夜が、と思っていたのだが、意外に恵さんは淡泊だった。

ごろん、と横になってぼんやりと天井を眺めているような具合で、あまり楽しんでもらえたような気がしない。

ことの最中に、コンドームの空き袋なんか拾い上げられて、興味深そうに眺められたときには、正直な話、男としての自信が粉々にくだけそうになる。

ことが終わると、気怠《けだる》さにぐったりしているぼくをそのままに、元気よく立ち上がってシャワーを浴びに行く。

（せめて、演技でもいいから、もう少し余韻《よいん》を楽しむふりでもしてくれりゃあええのに）

とてつもなく情けないことを考えながら、湯気に曇る浴室をぼんやりと眺める。

パンツだけはいて煙草を吸っていると、シャワーを浴び終わって、きちんと服に着替えた恵さんが戻ってきた。

「おれ、よくなかったですか？」

尋ねると、びっくりしたように目を丸くする。

「そんなことないよ。すごくよかったよ。どうもありがと」

そのことばは優しいが、はっきり言って信用する気にはなれないぞ。

だが、彼女はご機嫌で鼻歌など歌いながら、買ったサンダルを箱からだし、履いてみたりしている。

「今日はこれ履いて帰ろうっと」

もともと履いていたパンプスを箱にしまいながら、ぼくの方に目をやる。

「雄大くん、シャワー浴びへんの？」

「あ、浴びますけど」

「じゃ、早く浴びておいでよ。ラーメン食べに行こ。おごったげる。セックスしたあとって、妙にお腹空《なかす》かへん？」

「はあ」

着替えてふたりで、立ち食いラーメンを食べに行く。ニラキムチをたっぷり入れたラーメンを、はふはふと食べる彼女を見ながら考えた。

（なんか、得をしたのか損をしたのかようわからんなあ）


数日後、時間がぽっかり空《あ》いたので、合田接骨院に行くことにする。

（そういえば、歩ちゃんにお礼してへんかったよなあ）

まあ、あんまし大袈裟なことをするのもおかしいだろうが、お菓子くらいなら買っていってもいいのではないだろうか。

ぼくは、うちの出版社から出ている、美味しいケーキのガイドブックをぱらぱらとめくり、近いところにあたりをつける。

「お、なんや。彼女と一緒に行くデートスポットでも探しているんか」

沢口が、ぼくの手元をのぞき込んでくる。

「いや、単なる手みやげ」

「嘘をつけ。単なる手みやげやったら、デパートの地下あたりで、適当に見繕《みつくろ》っていくに決まってるわ。手みやげやとしても、持っていくのは絶対女やろ」

「へっへっへー」

ぼくは鞄を肩に掛けて立ち上がった。

「ま、ご想像にまかせますわ」

会社を出て、あたりをつけてあった店に行って、ケーキを買う。甘いものはあまり食べないので、どれを買っていいかわからないが、適当にきれいなのを選んで、五個ほど箱に詰めてもらう。

接骨院の入っているビルを探すのは少し苦労した。似たようなのが並ぶビルの中からようやく探し出す。まったく、表に看板くらい出しておけばいいのに。

エレベーターと階段で、屋上まで上がる。相変わらず、日当たりは悪いし、景色も最悪。まるで、ビルの海の孤島みたいな空間だ。

引き戸を開けた。

「あ、こんにちはー」

受付の横で、歩ちゃんと恵さんが立ち話をしている。

「いらしてくれたんですね。お加減はどうですか？」

「いや、首のほうはもういいんだけど。ちょっと肩こりがでてきたもんやから」

「あ、それは大変ですね。ちょっと待ってくださいね。力先生～」

歩ちゃんがカーテンの中に入っていく。

恵さんに、どういう態度をとればいいのか少し迷ったが、彼女はちらりとぼくを見て、軽く微笑しただけだった。

「すみません。先生、昼寝していたから、今起こしました」

歩ちゃんが出てきたので、ぼくはケーキの箱を差し出した。

「これ、大したものじゃないけど、このあいだのお礼。ここに連れてきてくれた」

一瞬、空気が凍り付いたような気がした。歩ちゃんの表情が硬く強《こわ》ばる。

彼女はケーキの箱を受け取りもせず、いきなりぼくに背を向けた。

「あ、あたし、電気治療器の点検しなきゃ」

とってつけたように叫んで、もうひとつの部屋に駆け込む。まったく、予想しなかった反応に、ぼくは呆然《ぼうぜん》と立ちつくした。

後ろから手が伸びて、ケーキの箱を取り上げた。恵さんだった。

「わー。あるぷす亭のケーキやん。小松崎さんセンスいい～。ここの美味しいのよね。力先生～。お茶淹れて食べましょ。小松崎さんも一緒にお茶にしましょ」

「あ、あの、それ、歩ちゃんに買ってきたので。おれはいらないです」

いきなり、恵さんにきっとにらまれた。

「歩は、ケーキ嫌いなのよ。わ、五つもある。先生の分と、小松崎さんの分と、じゃ、わたし、三つ食べちゃおうーっと」

いつの間にか後ろに力先生が立っていた。ケーキの箱をのぞき込む。

「恵、三つは食い過ぎやろ。おれがふたつもらおうかな」

ぼくは驚いて、彼の顔を見上げた。

「先生も食べるんですか」

「おれが食うたら悪いか？」

「いや、悪くはないですけど。なんか整体師とかやっている人って、こういう身体に悪そうなものは食べないようなイメージがあったんで」

彼は、ふん、と鼻を鳴らした。

「そら、滅多《めった》には食わんけどな。こういうものも文化のひとつや。世界を狭《せば》めるのは好かん。チャンスがあれば食うよ」

「へえ」

どうやら考えていたほどの堅物ではないようだ。

カーテンが開いて、歩ちゃんが出てきた。青ざめていた顔色は元に戻っている。

「ごめんなさい、小松崎さん。せっかく買ってきてくれたのに」

「あ、いや。嫌いなんだったらしょうがないよ。確かめなかったおれも悪いし」

とはいえ、あの反応は少し異常ではないのだろうか。まるでケーキが怖いみたいだ。

力先生が、ぽん、と手を叩いた。

「そういえば、ケーキよりも施術が先やな。食うてすぐは、せんほうがええし。入れ」

カーテンの中に入って、ベッドの脇で、上着とシャツを脱いだ。

「どうや、あれから」

「はあ、首のほうはもう痛くないし、体調も別に悪くないです。肩こりがあるぐらいで」

「肩こりぐらい、なんて言うな。肩こりかて立派な異常や」

ベッドの上にうつぶせになる。彼の手がすっと背中を撫でた。

「お、感心やな。どうやら、こないだおれが言うたことが、ちょっとはわかったみたいやたしかに、あれから、パソコンは前に置いて、横を向くときも椅子ごと移動するようにはしているし、酒の量も少しひかえて、野菜ジュースなどを飲むようにしている。そんなわずかなことがわかるのだろうか。

彼の手が頭を押さえる。てっぺんから、側頭部、後頭部にかけて、リズミカルに押していく。そのまま、ゆっくりと手は首に下りていく。

ぐっと深く指がツボに食い込む。痛いというわけではないのだが、重苦しい刺激。しかし、そのあとに血液が急に流れ始める気がする。

彼の手が背骨にそって、上下する。背骨の位置をなぞって、確かめながら、きつく押していく。かくっと骨が動く感覚。少しずつ身体がまっすぐに正されていく感じ。そんなはずはないのに、身長が伸びた気さえする。

心地よさに身体を預けていると、いきなり耳元で囁かれた。

「おまえ、恵と寝たやろ」

「な……！」

衝撃のあまり、飛び起きる。

「あわてるな、寝てろ寝てろ」

背中を押されて、仕方なくもう一度横になる。

「なんでわかるんですか。そんなことまで背中で？」

彼は豪快に笑った。

「あほか。背中でそんなことまでわかったら、超能力者や」

「じゃあ、なんで。恵さんに聞いたんですか？」

「いや。恵はなんも言わへんよ。でも、態度でわかる。あいつ、おまえに興味を失っている。あいつが興味を持たへん男は、十七歳以下と七十歳以上、それと一度寝たやつだけや」

呆然とする。じゃあ、恵さんは、男ならだれでもいいのだろうか。

「はい。起きて」

言われるままに起きて、ベッドの上に正座する。頭をつかんで、首をきつく曲げられる。

「ま、あいつはそういう女や。犬に咬まれたと思って気にせんほうがええで」

「いや、別に気にしてませんけどね」

「お、男やなあ」

しかし、彼女と寝たことを知られてしまうとは、なんか猛烈に恥ずかしい。まるで、ぶら下げられた餌《えさ》に弱いみたいではないか。まあ、実際そうなんだけれども。

最後に、このあいだと同じように、背中をきつく膝で押される。

軽い痛みと、骨が動く感覚。

「はい、終わったで」

背中を軽く叩かれて、はっと我に返る。

ベッドから下りて、のろのろと服を着ていると、先生はにやりと笑って、ぼくの肩を叩いた。

「ま、仲良くやろうや。兄弟」

ぼくは呆れて、先生を見上げた。

（おまえもやっとったんかい）

「小松崎さん、コーヒー、紅茶、どっち？」

「あ、おれ、コーヒーで」

待合室の空間にテーブルを出し、みんなでお茶を飲み、ケーキを食べる。なんか、おままごとをしているような気分である。

ぼくと歩ちゃんがコーヒー、先生と恵さんが紅茶。歩ちゃんはコーヒーをブラックのまま ゆっくりと啜っている。彼女の雰囲気から、勝手に甘いものが好きだ、と決めつけたのが間違いだったようだ。

いつものくせで、ポケットから煙草とライターを出す。

「すんません。灰皿ありませんか?」

恵さんが困った顔をした。

「え? 灰皿? そんなのないんじゃないかなあ」

先生がケーキの皿から、顔を上げる。

「なんか、空き缶でもないんか?」

「あ、そういえば、烏龍《ウーロン》茶の缶があったような……」

歩ちゃんが立ち上がって、受付の奥に消える。

「すみません」

力先生と目が合う。ぼくは急になんとなく気まずさと罪悪感を覚えて、煙草の箱をつかんだ。

「身体に悪いことは知っているんですが、やめられなくって」

先生は表情を変えずに、腰を動かして椅子に座り直す。

「やめたいと思いつつ吸っているんやったら、やめたほうがええ。でも、吸いたいんやったら別にええんちゃうか」

「でも、身体に悪いでしょう」

「身体にはな。でも、ニコチンを吸うことでなにかがあるから、吸うてるんやろ。おれにはようわからんけど。じゃあ、別にええんちゃうか。身体に悪い、言うたら、車の排気ガスかて悪いし、食品添加物かて悪い、食い過ぎかて悪いわな。でも、そんなん言うてたら」

「生活していけませんよね」

「そう。もちろん、悪いもの、悪いことを避けるに越したことないけど、そういうことしか考えられへんようになるのも、なんか本末転倒やしな」

歩ちゃんが洗った烏龍茶の缶を持って、戻ってくる。

「あ、すみません」

先生のことばに何となく安心して、缶を受けとる。後で外で吸おう。

「やからと言うて、不摂生《ふせっせい》してもええ、ということにはならんのやで」

気持ちを見透《みす》かされたようで、ぼくは思わず首をすくめた。

「要するに、身体ってな、乗り物なんや。ほかのに乗り換えることができへん乗り物。身体のことばかり考えて、身体にお金をつぎ込んだから、言うて、乗っている精神まで立派になるわけやない。でも、車が故障したり、調子悪かったり、汚れていたりしたら、乗っているやつは気分悪いし、悪影響はでてくるわな。そういうもんや。だから、身体にどれほど意識を払うか、いうのは、人それぞれの自由やけど、これだけは忘れたらあかん。人間は身体の行けるとこまでしか行かれへんのや。身体があかんようになったら、それまでなんや」

「はあ」

ぼくは黙った。なんとなく「健康第一」みたいな考え方には反発してしまうけど、今、先生が言ったことばは、悔しいけれど理解できた。

二個目のケーキを平らげる恵さんと、それをにこにこ笑ってみている歩ちゃんを見ながら、ぼくはぼんやりと考え込んでいた。

「もちろん、持って生まれた身体には個性や性能があるから、無茶苦茶しても壊れへんやつもいるし、ちょっとしたことでいかれてしまうようなやつもいるわな。でも、身体のことを過信したり、どうでもいい、なんて思わずに、ちょっと注意を払ってメンテしてやるだけで、ずいぶん変わるで」

たしかに今まで身体のことに注意を払ったことなどなかった。多少無理したからと言って倒れたり、重病をしたりなどということはなかったから。

しかし、よく考えると、重病になってからでは遅いのだ。

ぼくは尋ねた。

「おれの身体、どうですか?」

彼はちらり、と横目でぼくを見た。

「持って生まれたもんは別に悪ないけどな。あまりにも負担をかけすぎや。大したメンテもせず、気持ちで抑えつけて、無理矢理走らせてきたやろ。あちこちガタがきはじめている。このまま行ったからといって、すぐ死ぬということもないやろから、好きにしたらええけどな」

歩ちゃんが口を尖らせる。

「先生、またそんなこと言って」

「おれ、どうしたらいいですかね?」

彼は、空になった皿を押しやると、立ち上がった。

「そんなん自分で考えろ。背骨の歪《ゆが》みは治してやるけどな。ケーキ、ごちそうさん」

そのまま、カーテンを引いて奥に消えていった。

ぼくはぼりぼりと頭を掻いた。まったく、愛想のない男だ。

恵さんは、皿を片づけながらくすくすと笑った。

「でも、先生、なんか小松崎さんのこと気に入っているみたい」

「え、あれでですか？」

「そう。普段はあんなに喋らないですよ。会って二回目なのに、こんなに喋るなんて、なんとなく気が合うんじゃないですか」

歩ちゃんまでそんなことを言う。こちらとしては、そんな気はまったくしないのだが。

「あ、じゃあ帰ります。コーヒーごちそうさまでした」

「いえいえ、こちらこそケーキありがとう。またきてね」

ふたりの美女の笑顔に見送られて、外へ出る。夕方の風が、ポンコツの身体にしみた。


「そんなん言われてもー」

里菜《りな》がぷん、と頬を膨らませる。

「頼むよ。もうケツに火がついているんだよ」

彼女は、ぼくと同期入社で、うちの米櫃《こめびつ》という噂《うわさ》の、お洒落スポットマガジン「タルト」に配属されている。

小柄で童顔という外見に似合わず、甘いもの特集号では、一日に十軒以上まわって、その全部の店でケーキを三つずつ平らげたとか、自分の店に対する評価に怒って、編集部に怒鳴り込んできた屈強な男の股間《こかん》を蹴り上げた、などの、数々の武勇伝を持つ女である。

ぼくは彼女の前で手を合わせた。

「な、頼む。協力してくれ」

「んー、いったいどうして欲しいのよ」

「だから、店でも、人でもいいから、取材に協力してくれる人を探して欲しいんだ」

「その、買い物中毒か、金銭感覚の欠如とかいう原稿のでしょう？　なんかわたし、気がすすまへんわ。もともと悪く書く記事のために、人を探すなんて」

「それはそうやけど、理解してくれよ。里菜のとこみたいに、誉めている記事ばっかりじゃうちは仕事にならへんのんや」

「まあね。それはわかるけど」

彼女は顎に手を当てながら、すごいことを言った。

「もう、捏造《ねつぞう》しちゃえば？」

ううー、と頭を抱える。

「それはさすがにまずいやろ。それに、おれ、女の買い物のことについては、ほとんど知識もイメージもないから、捏造で記事を書く自信ないで」

「ううーん」

彼女はいかにも、「今考えています」という顔になって、腕組みをする。

「な、店や人の名前は仮名でええし、店とかやったら、引き替えに『タルト』に記事を載せる、ということにしたら、少しは話してくれるんやないかな」

「タルト」に紹介された店には客が殺到する、というのは有名である。

彼女の指が、ぼくの鼻先に飛んでくる。

「虫のいいことばかり、言うて。じゃあ、なに。雄大はこっちになんか情報提供してくれるの？」

子どものような身長と顔なのに、にらみつけられるとなぜか迫力がある。

「そんなん言うても、おれ、お洒落スポットなんか全然知らんし……」

最近手に入れた貴重な情報なんて、あっただろうか。

「上手な整体師というのじゃ駄目やろうしなあ」

独り言のつもりだったのだが、里菜の目がきらり、と光る。

「それ、もろうた！」

「上手な整体師知っているんやろ。教えてくれたら、わたし、できるだけ協力するわ」

「なんだ、里菜、肩こりひどいのか？」

「アホ。そら、肩こりくらいあるけど、そんなんはどうだってええの。リラックスポット特集は普段よりも部数が出るねん。もうネタは出尽くしたと思ったけど、雄大がええネタ持っているんやったら、編集長に言って小特集として、ページ貰《もら》ってもええし」

意外な展開である。ぼくはさっそく合田接骨院の場所を教えることにした。

「確認するけど、ここ、今まで雑誌とかに紹介されてへんね」

「ああ、それは間違いない。腕の割には寂《さび》れているからな。ただ、院長が偏屈だから、取材させてもらえるかどうかは、保証せえへんで」

彼女はにやりと笑って、胸のあたりを叩いた。

「そのあたりはわたしの腕の見せ所や」

さすがは「タルト」一の敏腕記者である。

「おれのほうのも頼むで」

「おっけ。まかしとき」

彼女の「まかしとき」は有名である。そう言われたからには、その件について忘れてしまってもいい、とまで言われている。

「じゃ、よろしく」

「おう」

廊下で手を叩き合って、ぼくらは左右に別れた。

「こんにちはー」

引き戸を開けてのぞくと、歩ちゃんが振り向いた。

「あ、小松崎さんいらっしゃい。今、先生出張治療に出ているんです」

「うわ、タイミング悪かったなあ」

「でも、もうそろそろ戻ってくる時間じゃないの？」

椅子に座って、雑誌をめくっている恵さんが顔を上げて時計に目をやる。

「じゃ、待たせてもらっていいですか」

「どうぞどうぞ」

待合室の椅子に腰をかける。

「出張って、よくあるんですか？」

「ん、そうでもないですけど、たまたまいつも肩こりで通っている人なんですが、腰打って動けなくなっちゃったらしいんです。で、どうしても先生じゃないといやだ、っておっしゃるんで」

「へえ」

「あ、小松崎さん麦茶飲みます？　さっきいっぱい作りすぎちゃったんで」

「あ、飲む飲む」

はっきり言って、先生がいないほうが居心地がいいぞ。まあ、それだとなにしにきているのかわからないが。

引き戸が開いた。力先生が帰ってきたのか、と思ったのだが、そこには女性が立っていた。

「あ、あの、はじめてなんですけど。予約とかしていないんですけど」

「あ、どうぞどうぞ。先生、すぐ帰ってくると思います」

彼女はおそるおそる、といった感じで、中に入ってきた。無理もない。こんな屋上のプレハブを見れば、だれもがうさんくさいと思うだろう。

地味な顔立ちではあるが、垢抜《あかぬ》けた印象の女性だった。白い身体に沿ったニットの上下と、つま先の尖った華奢な靴。柔らかそうな髪にはゆるいウェーブがかかっている。よく言えば物静か、悪く言えば暗いという感じだ。フローラル系の香りが鼻腔《びこう》を刺激する。

彼女はぼくの隣りに腰を下ろした。足下にいくつもの紙袋を置く。買い物帰りなのだろうか。恵さんが話かける。

「ええと、今日はどういう？」

「あの、頭痛がひどくて眠れないんです。それで、一度診《み》ていただけないかな、と思いまして」

「保険証はお持ちですか？」

「はい、持ってきました。これ……」

「ここへはどなたかの紹介で？」

「あ、あの、近所の人の。木佐《きさ》さんというお年寄りの……」

「あ、はい、よくいらしていただいています」

彼女の足下にある紙袋は、名だたるブランド店のものばかりだった。そういうのに詳しくないぼくでさえ、名前を知っているような。

金持ちなのかな、とぼんやりと思う。それなら、もう少しましなところに行ったほうがいいのではないだろうか。

彼女は問診票を書き始めた。見るとはなしに、名前のところに目がいく。

〝墨田茜〟

この人も、ぼくと同じような名前だな、と考える。ぼくのは大きいのか小さいのかわからないが、この人のは黒いのか赤いのかわからない。親ももう少し考えて名前をつければいいのに。もっとも女性だから、結婚して姓が変わったという可能性もある。

引き戸が開いた。

「あ、力先生お帰りなさい。患者さんがふたりもお待ちです」

先生は白衣のままの姿で、受付の横に鞄を置く。

「あ、こんにちは」

ぺこり、と頭を下げたが、先生はこちらを向きさえしなかった。眉間にしわを寄せたまま、問診票を書く女性を見つめている。

そのままカーテンを開けて、奥に入る。

「墨田さんに入ってもらって。小松崎さんは、電気治療受けながら、待ってもらってくれ」

歩ちゃんと恵さんは驚いたように顔を見合わせる。

「あの、でも、小松崎さんのほうが先ですよ」

「いいから」

「あ、おれ、別に急がないからいいっすよ」

歩ちゃんに言って、安心させる。墨田、という女性はぼくに軽く頭を下げると、先にカーテンの中に入っていった。

隣りの部屋で、背中に電気治療をかけてもらう。低周波治療器の親玉みたいなもので、これはこれで気持ちがいい。

三十分近くも待っただろうか。カーテンを開けて、力先生が入ってきた。いつもより、よけいに不機嫌そうな顔をしている。

「後回しにして悪かったな。さっきの人があんまりひどい状態だったから」

驚いて先生の顔を見る。さっきの女性はごく普通に見えた。それほど、辛そうでも、苦しそうでもなかった。

この男には、違うものが見えているのだろうか。

ぼくの背中を触りながら、彼は低くつぶやいた。

「なにも起こらなければいいが……」

第三章　壊れる

だるい。

けれど不愉快なだるさではなかった。風呂にゆっくりつかって出たあとのような。もしくは、運動で汗を流したあとのような。

先生は、わたしに背を向けて、紙になにかを記入していた。

「しばらく、通ったほうがいいですが。どうしますか？」

わからない。効果があるのか、ないのか、今施術したばかりでは、結論は出せない。でも、施術自体は心地よかった。思わず、眠ってしまいそうになったほどだ。

それに。

笑みひとつ浮かべないのに、なぜか、この先生のまわりの空気は優しかった。

「お願いします」

先生は深く頷《うなず》いた。薄いまぶたの下の眸《ひとみ》に、吸い込まれそうになる。

「できるだけ、一週間以上間を空けないように通ってもらえますか。一週間に一度くらいでいいですが、具合が悪い、と感じられたら、いつでもきていただいてかまいません。それと、今日は少し強く調整しましたので、運動とか熱い風呂とかは避けてください。できれば、早く寝たほうがいい」

「わかりました。どうもありがとうございます」

服を整えて起きあがる。身体の芯《しん》がひどく熱かった。

出て行こうとするわたしを、先生の声が追った。

「もう少し、自分のことをいたわってあげてください。あまりにもかわいそうだ」

お辞儀をしながら、ひどく不思議に思う。わたしは自分をいたわらなければならないようなことは、なにひとつしていない。むしろ、甘やかしてばかりなのに。

わたしに必要なのは、むしろ叱責や罰なのではないだろうか。


正直言って、夕食の支度《したく》をするのもおっくうだった。だけど、仕事から疲れて帰ってくる彼のために、出来合いのお総菜なんて出すわけにはいかない。

お米は水が透明になるまで研《と》いで、一度ざるに空けて、時間を置く。味噌汁《みそしる》は具材によって、煮干しかかつおと昆布かを選び、きちんとだしを取る。煮物は面取りをして、何度かに分けて味を含ませる。

実家では料理は母任せだったし、一人暮らしをしていたときも、炒《いた》め物やスパゲティなど、簡単なものを適当にしか作ったことがなかった。結婚してから、彼に言われて料理教室に通い、本当の料理というものが、どれだけ手間をかけなければならないものかを知った。

実際、彼は手間をかけて作った料理を出したとき、本当にうれしそうな顔をする。

「茜と結婚して本当によかったよ。以前、新婚の友人のところに遊びに行ったとき、インスタントのだしの煮物とか、電子レンジを使った料理ばかり出されて、げんなりしたんだ。よく、あいつはあれで我慢しているなあ」

そうして、誉められると、わたしはよけいに手を抜くことができなくなる。

今日も、わたしは二時間かけて、五品も六品もおかずを作った。

彼はいつもの時間に帰ってきた。

「お帰りなさい。ごはんできてる」

「ああ、うまそうだな。今晩も」

彼の背広を脱がして、ハンガーに掛ける。ネクタイを解《ほど》く彼の、後ろ姿をぼんやりと眺める。

愛《いと》おしい背中。

彼は部屋着に着替えると、すぐに食卓についた。

「茜は今日一日、なにをしていたんだい？」

彼は毎日、わたしがどうやって過ごしていたのか知りたがる。わたしが、退屈したり、困ったり、悩んでいたりしないか気になって仕方がないのだ、という。

「掃除して、洗濯して、あ、そう整体に行ってきたわ」

「整体？」

彼は眉をひそめた。

「ほら、頭痛がときどきあるって言っていたでしょ。そしたら、五階の木佐さんが、安くて上手な整体知っているから行ってきたらって勧めてくれたの」

「大丈夫なのか？　そんなところ」

わたしは、箸《はし》を運ぶ手を止めた。

「大丈夫って？」

「頭痛なら、普通の病院に行ったほうがいいんじゃないか？　ああいう整体やカイロプラクティックなんて、きちんとした法律がないから、いいかげんなところがまかり通っていると言うじゃないか。頭なんて、大事な部分だし、そんなわけのわからないところに通うのは感心しないな」

意外なほどの強い拒否反応に、わたしは困惑した。

「行ってから、体調はどうなの？」

「え、ええ。すっきりしたわ」

「ふうん」

彼はまだ、納得いかないような表情で食事をする手を止めている。だるい、などと言えば、それ見たことか、と言われそうだ。

「そうね。あなたの言うとおりだわ。もう行くのやめる」

そう言うと、やっと笑顔を見せる。その笑顔にわたしは、心の中で深い吐息をついた。

彼が笑ってくれないと、わたしは不安になる。わたしの存在に、意味なんてないような気分になる。だから、お願い。ずっと笑っていて。

そのためなら、どんなことでもするから。


電話が鳴った。

出ようとするわたしを制して、彼が受話器を取った。それを見届けてから、洗い物に戻ろうとする。

「茜、きみにだ。お友だちみたいだ」

彼は不審そうに、受話器をわたしに押しつけた。無理もない。わたしに、両親以外から電話がかかってくることなんてない。昔の友人とは、結婚してから、ほとんどつきあいがなくなっていた。

受話器を受け取る。

「はい。お電話代わりました」

「内山さん？　わたし。覚えてる？　高校のとき同じクラスだった浦里《うらさと》です」

わたしは受話器を持ち直した。

「美代《みよ》？　美代なの？」

「うわ。覚えていてくれた？　茜」

「忘れるわけないじゃない。懐かしい」

彼女、浦里美代は高校時代の同級生だった。たしか、二、三年と同じクラスだった。わたしと同じように、勉強はできても地味なグループのうちのひとりだった。高校を卒業してからは、二度ほど同窓会で会った程度だったのだが。

「どうしたの。どうしてここの電話番号がわかったの？」

「結婚して大阪にいるっていう噂を聞いたから、実家に電話して教えてもらったの。実はわたしも今大阪なのよ」

「あら、偶然」

「ねえ、香奈《かな》や浩子《ひろこ》とか覚えている？」

わたしは首を傾《かし》げた。記憶の中の友人を、写真をめくるように探していく。

「んと、香奈は覚えている。二年のとき一緒だった、眼鏡《めがね》かけた子だよね。浩子って……」

「あ、茜は同じクラスじゃなかったから、覚えていないかな。ハンドボール部のエースでさ、よく男の子に間違われていた」

「ああ、思い出した！」

懐かしい記憶、懐かしい顔。わたしは心が浮き立つのを感じた。

「彼女らも今大阪に出てきているの。よく会うよ」

「へえ、結婚で？」

「うん。香奈はね。浩子はまだ独身。わたしもだけどさ」

「あら、そうなの」

なんとなく少し、誇らしい気持ちを感じてしまう。高校の時の友人は、まだ結婚できずにいる。

「ね、茜は専業主婦？」

「そう」

「じゃあ、明日会わない？　急なんだけど」

「え、明日？」

「うん。実は明日、浩子と香奈とランチすることになっているのよ。もちろん、急だから、次の機会でもいいんだけど」

「だって、明日って平日だよ？」

「うん。わたしも浩子もサービス業だから、土日は駄目なのよ。香奈だって、奥様だから、土日だと外出できないから、会うのはいつも平日。茜もそうじゃないの？」

そういえばそうだ。でも、彼はどんな顔をするだろうか。少し気になる。まあ、一度くらいならかまわないだろう。彼がいい顔をしないようだったら、もう会わなければいい。

「うん、行く。どこに行けばいいの？」

「十二時半にヒルトンのロビーで待ち合わせしているんだけど、大丈夫？」

「うん。じゃあ、行くわ」

わたしは念のため、彼女の携帯電話の番号を聞いてから、受話器を置いた。

「昔の友だち？」

彼が新聞をめくりながら尋ねる。

「そう、高校の頃の。大阪にきているんだって。明日、お昼ごはん一緒に食べてくる。いいかしら」

「ああ、楽しんでおいでよ」

そう言う表情にはまったく陰はない。わたしは胸を撫で下ろした。

「なんか、結婚で茜を大阪にさらってきてしまったみたいなもんだろ。友だちがいなくてさびしいんじゃないか、と気になっていたんだ。ゆっくり楽しんでおいで。なんだったら、明日の夕食は店屋物《てんやもの》でもかまわないしさ」

彼がそんなことを言うのをはじめて聞いた。

「ありがとう」

彼は新聞を畳んでわたしのそばまできた。腕をつかんでやんわりと抱きしめてくれる。

「最近、茜が元気ないから、心配しているんだ。なにか不満に思っていることとか、大変なこととかあったら、なんでも言ってくれ」

わたしはその腕に身体をゆだねる。不満なのはお義母《かあ》さんのことだけだ。けれど、それを言うことはできない。冷たい女だと思われて、彼に嫌われるかもしれないから。

彼が耳元で優しく囁《ささや》く。

「楽しんでおいで」

その声を聞きながら、わたしは目を閉じた。


吹き抜けのロビーには光が充満している。わたしはまぶしさに目を細めた。

約束の時間には、あと十分ほどあるので、トイレで化粧直しをすることにする。

パウダーをはたいて、くすんだローズの口紅を塗り直す。鏡の中のわたしは、顔色が明るい。

昨日の夜、わたしはひさしぶりにぐっすりと眠った。あんなに深く眠ったのは子どものころ以来のような気がする。目覚めたときには、すべてのパーツが新しくなったように気分がよかった。

高校時代の友人に会う、と考えるだけで、気分が浮き立つような気がした。あの地味で冴《さ》えなかったわたしの友だちはどんなふうに変わっただろう。

(わたしのこと、みんなすぐ、わかるかしら)

鏡の中の自分は、高校の時の卒業写真とは別人のようだ。

プリント柄のワンピースも、靴も、イヤリングも悩みに悩んで選んできた。自分がいちばん、輝いて見えるように。

（えー、すごーい。茜、変わったねー）

（ほんと、きれいになった）

（しあわせなんじゃない？）

勝手にみんなの賞賛の声を想像して、微笑する。髪の乱れを直して、トイレから出た。

ロビーは広い。わたしは記憶の中の顔を探しながら、あたりを見回した。

「もしかして、茜？」

声をかけられて、振り向く。そこには、スリムなスーツに身を包んだ、背の高いキャリアウーマン風の女性が立っていた。

「ええと……」

「わたし。浩子よ。やだ、忘れちゃったの？」

「浩子。うそお！」

目の前の彼女は、記憶の中の少年のような女の子とはまったく別人だった。仕立てのいいスーツと、きれいにセットされた髪。肩から掛けたバッグに目がいく。オーストリッチの革でできたバッグは、あきらかに有名ブランドの人気のデザインだ。素材によっては百万を超えるものさえある。

「あ、あそこに美代と香奈がいるわよ」

浩子が指さして、手を振る。反対側の壁に沿って立っていた女性がふたり、手を振りながら駆けてくる。

「茜、ひさしぶりー」

美代と香奈。華やかな化粧に包まれた顔に、わたしはやっと以前の面影を見出す。

「懐かしい。何年ぶりかしら」

「茜、痩《や》せたんじゃない？」

わたしたちは笑いながら、手を取り合った。

「感動の再会もいいけど、ここで時間をかけるより、さっさとお店行こうよ。わたしもうお腹ぺこぺこ」

浩子が大袈裟《おおげさ》にお腹のあたりをさする。そう、彼女は細身だが昔から食欲が旺盛《おうせい》だった。わたしたちは彼女をからかいながらエレベーターに向かった。

エレベーターの中で、わたしは美代と香奈を改めてまじまじと見た。

美代は、洒落《しゃれ》た黒のシャツと、そろいのスカートを身につけていた。コットンではあるけれども、デザインはとても垢抜《あかぬ》けている。軽くメッシュを入れたショートヘアや、流行のメイク。アパレルかマスコミ業界の人のように見える。

反対に香奈は、いい奥様風のコーディネイトだ。白いワンピースは、雑誌でも見たことのあるフランスの一流ブランドのもの。プロの手でセットされた髪。耳元には大粒のダイヤのピアスが光っていた。

急に敗北感に打ちのめされる。この中でいちばん垢抜けないのは、間違いなくわたしだ。先ほどまでの浮かれていた自分が惨《みじ》めで、わたしは軽く唇を咬《か》んだ。

なぜ、わたしが変わった以上に彼女たちも変わったと思わなかったのだろう。

連れて行かれたのはホテルの中のフランス料理店だった。平日の昼食時なのに、そこはそれほど混んではいなかった。

メニューを見て納得する。最低のランチですら四千五百円もした。たしかに、出せない金額ではないが、ランチにしては高すぎるのではないか。

だが、当たり前のように彼女らは六千円のコースを注文し、ワインまで頼んだ。躊躇《ちゅうちょ》している、と思われるのはいやで、わたしも同じコースを頼む。

「それにしても、ひさしぶりよねえ」

注文が終わると、美代がしみじみと言う。

「茜が大阪にきているなんて知らなかったわ。だって、就職で東京行ったから、そのままだと思っていたもの」

わたしは苦笑する。

「一度、実家に帰ったの。それからお見合い」

「へえ。旦那《だんな》さんはなにしているの?」

わたしは少し気分よく答える。

「いくつか、バーやレストランをやっているわ」

「うわ。すごいじゃない。どういうとこ?」

「ええと、四ツ橋《よつばし》にあるアルルカンというレストランとか、難波のメトロというバーとか」

美代が小さなバッグから、煙草を取り出す。

「あ、知ってる。アルルカンはわたしもよく食べに行くよ。洒落た創作料理のお店だよね。阿倍野《あべの》のウィグルも、同じ系列じゃなかったっけ」

「そう、あそこはエスニック料理」

香奈が身を乗り出す。

「へえ、ほかには?」

そう聞かれて、わたしの声は小さくなる。

「でも、いいお店だよね、全部。センスいいし、料理も美味《おい》しいよ。わたし好き」

美代の助け船にほっとする。

「美代は今、仕事なにやっているの？」

浩子がナプキンを広げながら答える。

「この子、ブティックのオーナーなのよ」

「ええ。すごいじゃない」

美代が大袈裟に手を振る。

「すごくないわよ。もう、本当に大変なんだから。借金だらけ」

「よく言うよ。借金は店をオープンするときにしただけで、あとは順調に返せているわけでしょ」

「まあね。でも借金があることは事実だからさ」

美代が笑いながら言う。

「そんなこと言っているけど、浩子だってすごいのよ。外車のディーラー。ひとりで何億と売るんだから」

「そういうのは展示会のときだけだってば。この不況でもう、全然なんだから」

「え、それだけだけど……」

わたしはもう黙るしかなかった。彼女らの前では自慢できることなどなにもない。わたしは救いを求めるような気持ちで、香奈に話しかけた。

「香奈は専業主婦？」

「そう、毎日暇で暇で。みんなと会って息抜きするのが唯一の楽しみなのよ」

美代がくすくすと笑った。

「香奈のところは、お手伝いさんがいるんだもんね。暇なのも当然よ」

「お手伝いさん？　嘘お」

「ほんとほんと、なんたって芦屋《あしや》の奥様だもん。もう鼻持ちならないわよ。広い庭にアフガンハウンドなんか飼っちゃってさ」

「鼻持ちならないのはどっちよ。シトロエンなんか乗り回して」

「しょうがないじゃない。ノルマ達成できないときは、自分で買うしかないんだから」

顔では笑いながら、わたしは心が冷えていくのを感じた。

料理が運ばれてくる。大きな皿に申し訳程度に盛られた少量の前菜。美しく盛りつけられたそれは、食べ物というよりもジュエリーのようだ。口に運ぶと、明らかに計算された美味が舌の上に広がる。

（まるで、彼女らの日常みたい）

わたしはだれにも勝つことができない。永久に。

口元をナプキンで拭《ふ》きながら、美代が言った。

「でも、よかった」

「え？」

「実は、茜が大阪にきているのは少し前に知っていたんだけど、ずっと誘おうかどうしようか迷っていたのよ」

「どうして？」

「ん、もしかしてさ、茜の旦那さんが普通のサラリーマンとか、公務員とかだったりして、茜もあの高校時代の地味な女の子のままだったりしてさ。会ったはいいけど、全然かみ合わない可能性もあるよねって、話していたのよ」

浩子がワイングラスをまわしながら話を続ける。

「そうそう、派手で鼻持ちならなくなっちゃって、とか思われるんじゃないかなあなんてね」

「それに金銭感覚が違うと、いろいろつきあいづらいじゃない。食事するのにも、相手に合わせてレベル落とさなきゃならないと思うとなんか疲れるしね」

わたしは無理に笑顔をつくって相づちを打つ。

「そ、そうね」

「でも、よかった。茜がそんなんじゃなくって」

「そうそう、格好を見ただけでわかったもん。あ、いい生活しているんだなって」

そのことばに、わたしは胸の中の重いものが晴れていくのを感じた。少なくとも、彼女らに勝てないまでも、合格点は出してもらえた。そう思うと、心が軽くなる。

「ね、食べ終わったら、美代のブティック見に行こうよ。結構小じゃれたもの置いてあるのよ」

美代が眉間にしわを寄せる。

「ちょっとお、またあ。オフの日ぐらい、仕事のこと忘れさせてよ」

「いいじゃん。たまには売り上げに貢献してあげるからさ」

「いいよ。一人ぐらい余分に買ってもらったって大したことないの」

「うわ。ひどーい」

外見は変わっても、じゃれるタイミングやみんなで一緒にいるときの雰囲気は昔のままだ。

きっと本質はなんにも変わっていない。そう、なんにも。

美代の店は心斎橋にある、と言った。地下鉄で行くものだとばかり思っていたら、みんなはタクシーを拾った。

まあ、四人で割ればタクシー代も、そんなに大した金額じゃない。地下鉄で行くのより、少し高いくらいだ。大阪は交通費が高い。

けれども、わたしの中ではタクシーは特別なことがないと使用しない交通手段だった。そんな意識の差がわたしの劣等感を、より煽《あお》る。

単なる自意識過剰だ、と心の中でつぶやく。たぶん、彼女らはそんなわたしの感情になど気がついていない。

けれど。

心斎橋の東側に車は止まる。買い物はほとんどデパートでするから、あまりこのあたりはきたことがない。高級ブランドの直営店や、最新のセレクトショップの路面店が並ぶ、大阪で一番の買い物通り。

「ここ、ここ」

指さされたのはちょうど角地、一、二階がガラス張りになったビルだった。

流麗な文字で、「ハイドアンドシーク」と書かれた看板。ディスプレイされている洋服は、シンプルだけどとても垢抜けていた。

「素敵なお店じゃない」

「えへへ、ありがと」

扉を押して中に入る。平日の昼間のせいか、店にはあまり人はいなかった。

「あ、店長、どうしたんですか？」

カットソーを畳んでいた店員らしい女性が美代に話しかける。

「どうもしないわよ。友だちが店を見たいっていうからさ。もういい迷惑。オフの日ぐらい仕事のこと忘れたいっつーの」

「あはは」

彼女はわたしたちに向かって軽くお辞儀をする。

「ごゆっくり、どうぞ」

「そうそう、どうせ、平日の午後なんて、あんましお客いないんだから、ゆっくり見ていってよ」

わたしは、すぐそばのボディに着せられている、ワンピースのタグをめくった。

NYの若いデザイナーの服。洋雑誌では見たことあるけれど、まだ日本にはそう入ってきていないはずだ。

「セレクトショップなんだ。美代が選んでいるの？」

「そ、二カ月に一度、NYかパリに買い付けにいくの。どう思う、それ」

「ん、かっこいい。ここの服って、まだそんなに日本に入ってきていないでしょ」

美代がにやり、と笑う。

「お、お目が高い。奥様。そうなのよ。まあ大手のセレクトショップには、ぽちぽち入り始めているけどね。でも、まだほとんど出回っていないと思うよ。わたしのイチオシ」

「うん、素敵だと思うよ」

浩子と香奈は、なにか喋りながら、棚を見ている。わたしはさっきのワンピースにもう一度目をやった。

淡いブルーで、部分的にシャーリングをきかせた、裾《すそ》の長いデザイン。光沢《こうたく》のある生地は、スタイルよく見せてくれそうだ。

美代は、さっきの女の子に話しかけている。

「クミちゃんは？　食事？」

「ええ、夏物の補充が入ったので、食事に行くの遅れちゃったんです」

「なに。補充入ったの？　見せて」

「店長、仕事のことは忘れるんじゃなかったんですかあ」

「でも、補充入った、と聞いたら、気になって休んでられないわよ」

女の子が奥から、段ボールを持って出てくる。美代は箱を開けて、伝票を手に取ると、てきぱきとチェックをはじめた。

浩子と香奈が、それを横からのぞき込む。

「え、なになに。新製品入ったの?」

「うるさい。向こう見ていなさいよ」

「わ、こういうの欲しかったのよ。ちょっと見せてよ」

「ダメダメ、この時期、ニーレングスの白いタイトスカートは、店頭に出したら出した分だけ売れるんだから、あんたらに売っている分はないのよ」

「いいじゃん。見せなさいよ」

香奈は、そのスカートを美代から取り上げる。

「試着室借りるわね」

美代は、肩をすくめると、わたしに向かって微笑した。

「この通り、傍若無人《ぼうじやくぶじん》なやつらなのよ」

わたしも笑い返す。もう一度、さっきのワンピースのタグをめくる。値段を確かめたかった。

十二万八千円。

ふうっと息を吐く。高すぎる。いや、たぶん、このデザインでこの値段は正当なんだろう。けれども、わたしには高すぎる。

美代の声がした。

「欲しかったら家族割引で二割引にするよ」

わたしは苦笑した。

「素敵だけど。このあいだ、『シャーマン』のワンピース買っちゃったとこなのよ」

「あ、あそこの生地と色がいいよね。わたしも好きだな」

試着室が開いて、さっきのスカートを履《は》いた香奈がでてくる。

「じゃーん。どう?」

「いいけど、上と合ってないじゃない。ニットキャミでも持ってくれば」

「じゃ、上も着させて」

「だめ。かぶりものは試着禁止」

「ちぇ。けち」

浩子は、グレーのシャツワンピースを身体にあてている。

「わたし、これ着てみていい?」

「好きにしろ」

伝票にペンでチェックを入れながら、振り向く。

「茜も着るだけ着てみれば。どうせ、あいつら、次々に着てみて、しばらく動かないんだしさ」

「でも……」

着れば欲しくなる。そんな気がした。

「ほかの店みたいにさ、試着したから買わなければいけない、なんて思わなくてもいいし。どうせ、暇なんだから、遊びでもいろいろ着たり見たりしていてくれりゃ、外から見て繁盛《はんじょう》しているように見えるでしょ」

わたしは、もう一度、ワンピースを見た。素敵だった。

「じゃあ、着てみようかな」

「かっちゃん。あのワンピ、ボディから脱がせてくれる？」

「あ、はーい」

さっきの女の子が、ワンピースをディスプレイから外してくれる。わたしは礼を言って、それを受け取った。

試着室に入って、着替える。不思議と鼓動が速くなる。服を試着したり、化粧品やアクセサリーを見せてもらっているとき、いつもわたしの心臓は早鐘のようになる。

そのワンピースは素敵だった。思っていたより、丈が短く、ふくらはぎの中ほどまでしかない。けれど、その丈の微妙さが新鮮だった。

「どう、茜?」

外で香奈の声がする。

わたしは試着室のドアを開けた。

「お、いいじゃん」

浩子がこちらを向いて笑う。彼女もニットのスーツを身にまとっていた。

「茜、似合うよ。いいなあ。わたし、そういうモードなデザインって、駄目なのよね」

香奈のことばに美代も頷く。彼女は棚から、靴を取ってきた。

「はい。これ、同じデザイナーのミュール」

華奢《きゃしゃ》なつま先と踵《かかと》のサンダルは、たしかにワンピースにとてもよく合う。

「で、これがそろいのボレロ」

前をリボンで結ぶデザインのボレロは、ワンピースと同じ生地だった。

わたしはそれを彼女に押し返した。

「ボレロはないほうがいいんじゃないかなあ」

「ん、でもノースリーブだし、夏場でもクーラーきいた部屋だとつらいよ。それにそのデザイン、個性が強いから、ほかの羽織りものは合わないんじゃないかなあ」

言われてみると、たしかにそうだ。

ミュールを履いて、ボレロを羽織る。しゃりしゃりと肌に触れる、素材の心地よさにわたしは有頂天になる。

「茜、すごい似合うよ。素敵」

「そうかなあ」

「うん。誂《あつら》えたみたい。かっこいいなあ」

また鼓動が激しくなる。欲しい。けれど。

美代が、段ボールから出した服を、ハンガーに掛けながら言う。

「一点ものだしね。たぶん、すぐ出ちゃうと思うよ」

口の中がからからに渇く。もうひとりのわたしが、やめろ、と忠告する。

でも。

「買っちゃおうかな」

浩子が頷く。

「そうしなよ。絶対いいよ」

わたしは微笑みながら、なにかを忘れた。


数日後、わたしはまたあの接骨院に向かってしまった。

本当はもう行くつもりなんてなかった。彼の言うことはもっともだと思ったし、それに逆らうつもりはなかった。

だのに、身体が求めていた。もう一度あの先生の施術を受けたい。あの心地よいだるさを感じたい。そんな衝動に駆られて、わたしは家を出た。

黙っていれば彼にはわからないのだから。

幸い患者は誰もいなかったので、わたしはすぐ先生の元へ通された。

わたしを見ると、先生は少し困ったような顔をした。

「やはり、眠れませんか？」

言い当てられて驚く。たしかに、最初の日はぐっすりと眠れたものの、次の日からは、元通りだった。なかなか寝付けず、眠ったとしても短時間で目が覚める。

上半身を薄いTシャツ一枚に着替えて、ベッドに横になる。

先生の手がわたしの首筋をつかむ。ふうっとため息をつく音が聞こえる。

「どうして、こんなに無理をするのですか?」

わたしは首を動かして彼の顔を見た。

「動かないで」

元に戻される。

「無理なんかしていませんけど」

「嘘を言うものじゃない」

「本当です。やっているのは家事くらいだし、別に無理なんてなんにも……。楽させてもらっています」

「たしか、専業主婦で、子どもはいないんでしたね」

「そうです」

彼の手がゆっくり頭のてっぺんを押さえる。その心地よさにわたしは目を閉じる。

「失礼なことを聞きますが、性生活は?」

わたしは驚いて、また彼の顔を見た。

「動かないで」

なんて失礼なことを、と思った。けれども、彼の顔には好色そうな表情などまったく浮かんでいなかった。どこか悲しそうな目の色。

わたしは正直に答えた。

「あまり、頻繁《ひんぱん》には……」

「最後はいつですか？」

そんなことまで答えなければならないのだろうか。羞恥《しゅうち》に顔が赤くなる。

「答えたくありませんか？」

冷静な声。別に問いつめるようでも、からかうようでもない。思い出す。最後に彼に抱かれたのはいつだっただろう。

「三カ月ほど前……」

彼は性的にはとても淡泊だった。わたしもそうだから、それはとても相性がいいということだと思う。

手が首に下りる。ゆっくりとリズミカルに押さえていく指。じんわりとあたたかくなる感触に、わたしは息を吐く。

「ご結婚されてから、どのくらい経ちますか？」

「一年と少しです」

「じゃあ、まだ新婚ですね」

「ええ」

「頭痛や不眠はいつごろからありますか？」

いつから、というはっきりとした区切りは思い出せない。ゆるやかに少しずつ、それは忍び寄ってきたような気がする。

「たぶん、二、三カ月前くらいから……」

先生がベッドに上がる。指先は背骨をなぞり、ところどころ力を入れて押さえる。

「結婚が原因とは考えられませんか？」

背中がぴりり、と緊張する。このあいだと違って、先生は気に障《さわ》る質問ばかりする。

「主人とは、とてもうまくいっています。なにも不満はありません」

彼の手が一瞬止まった。すぐにまた動き出す。

「ほかの家族や、近所の人とは？」

一瞬、お義母さんのことを話そうかと思った。だが、黙る。お義母さんは週に二度くらいしかこないし、そんな些細《ささい》なことが原因だとは思えない。

そのとき以外はとてもしあわせなのだから。

「なにもないです」

「そうですか」

先生はそれ以上、なにも聞こうとはしなかった。背骨に沿って、指先で軽くリズミカルに叩いていく。その刺激はひどく心地よく、わたしは全身の緊張がほぐれていくのを感じた。

指先からも力が抜けていく。

深い呼吸。

静かに忍び寄ってくる睡魔にわたしは全身をゆだねた。

「終わりましたよ」

肩を叩かれて、わたしははっと飛び起きた。いつの間にか眠っていたらしい。

「ありがとうございます」

先生は頷いて、なにやら紙に書き込んだ。

「次はいつごろこられますか」

返事に困る。今日は衝動的にきてしまったが、通うつもりはもうなかった。

先生が机から顔を上げた。

「どうしましたか?」

「あの、もしかしたら、もうこられないかも……」

先生が眉をひそめた。あわてて言い訳する。

「主人が反対なんです。整体などは、きちんとした法律や規制がないし、行かないほうがいいって……」

言ってしまってから、はっとした。寝起きのぼんやりした頭で喋ってしまったけれど、こんなことを言うと、先生を怒らせてしまうだろう。

先生はわたしにちらりと目をやった。表情には怒りも不快さも浮かんでいなかった。

「もちろん、それも物事の一面です。それは否定しません。そうして、こういう治療でよくなる人もある。それも物事の一面です。だが、この世はすべて一面だけでは存在しない。多面角を転《ころ》がしながら、わたしたちは生きています。どの一面を選ぶかはあなたの自由です。わたしは、あなたが転がす多面角のたった一面に過ぎません。ただ、その中でわたしはあなたを癒《いや》すために、できるだけのことはするつもりです。それを選ぶか、選ばないかは、あなたにおまかせします」

静かなことばだった。わたしは突き放されたような孤独感に襲われる。どうして、胸を張って大丈夫だ、と言ってくれないのだろう。

わたしは思わず言った。

「先生は自信がないのですか?」

「自信がないのはあなたです」

驚いて、わたしは先生の顔を見る。

「今は、先生の治療の話をしているんです。わたしに自信があるかないかは、関係ありません」

「そうじゃない。あなたは自信がないから、選択の理由を他人に押しつけようとしている。ご主人が行くなと言ったから、くるのをやめ、わたしがこいと言えばくるのですか？　決めるのはあなたです。だれもあなたの決断に保証などできません」

わたしはぼんやりと先生の顔を眺《なが》めていた。彼のことばは意味不明だった。理解できないのに、ひどく恐ろしいような気がした。

なぜか、泣きたくなる。唇が震えた。

「わたしの不眠や頭痛の原因ってなんなんですか？」

先生は目を逸らして、立ち上がった。

「あなたは自分で自分を歪《ゆが》めて生きている。人間は生まれつき、まっすぐに生きるようになっています。歪められた心と身体が悲鳴を上げている。それが原因です」

どうして、運動不足だ、とか、痩せすぎだ、とかの明快な答えが返ってこないのだろう。わたしは唇を咬む。

「わかりません」

「そうでしょうね。それがわかったのなら、治ったも同然です。あなたは、そこからとても遠いところにいるようです」

わたしは立ち上がった。

「もう、ここにはきません」

彼は表情を変えなかった。ただ、眸《ひとみ》だけが悲しげに曇る。

「残念です。でも仕方ないですね」


なんだか、わたしは自暴自棄《じぼうじき》になっていた。先生はわたしを助けてくれるのだと思っていた。あんなふうに突き放されるなんて思ってもいなかった。

買い物をして帰ろう、と思った。なんでもいい、きれいなものに触れたい。気に入ったものを両手いっぱい抱えて帰りたい。

デパートに入って、エスカレーターで昇る。時間はたくさんある。上の方から順番に見ていくつもりだった。

(そういえば、時計欲しいな)

美代も香奈も浩子も、とてもいい腕時計をしていた。それまで、あまり時計に興味がなかったから、わたしはなんだか、恥ずかしくなって、食事の途中でトイレに立って、自分の時計を外してバッグにしまったのだ。

　時計売場に上がる。平日なのに、そこには結構人がいた。スポーツウォッチを見る、学生のような若い人たちや、会社から抜け出してきたようなビジネスマンたち。その中に交じって、わたしは並んでいる時計をゆっくりと見ていった。

　安くても洒落たデザインのものはある。ひとつ、欲しいな、と思ったものがあった。文字盤に繊細な星が描かれたスウォッチ。ほかのスウォッチのように、子どもっぽくなく、エレガントな服にも似合いそうだ。

（でも、こんなのしていたら、彼女たちに馬鹿にされそう）

　そう思いつつ、なんとなくその時計の前を立ち去りかねていたときだった。

　横にいた、高校生ぐらいの男の子が、妙な動きをした。

　見ていた時計を、すっと長めの袖に隠し、そのままデニムジャケットのポケットに落とす。

　万引きだ、と気づいた。だが、わたしの目はもうひとつのものを捉《とら》えた。

　前にいた、主婦らしき女性の顔色が変わった。ゆっくりとこちらに向かって歩いてくる。

　警備員だ。万引きを捕らえるため、一般客のふりをしているのだ。

なにも考えなかった。けれども、わたしは自分でも信じられないような行動に出ていた。

「たっちゃん、どれか決めた?」

横の少年に話しかける。彼はぽかん、とわたしを見上げた。ポケットに入れた手を、つかんで引っ張る。その先には売り物の時計。

顔を強《こわ》ばらせる彼に、わたしは笑いかけた。

「あら、それに決めたの? いいじゃない」

そうして、その時計を彼の手から奪って、大声で店員を呼んだ。

「すいません。これ、お願いします」

カードを出して、店員に渡す。なにも気づいていなかった店員は、にこやかに時計とカードを持ってレジに向かっていった。

少年はまだぼんやりしたまま、わたしの顔をじっと見ている。わたしはさりげなく、先ほどの警備員を捜《さが》した。どうやら、勘違いだと思ってくれたらしく、警備員はこちらを見てはいなかった。

全身からどっと汗が噴き出す。自分でも、どうしてそんな行動をとったのかわからなかった。

　わたしはサインを済ませて、品物を受け取ると、少年の腕を引っ張って時計売場を出る。

「なんやねん、おばはん！」

　時計売場の外で、彼はわたしの腕を振り払った。

「よけいなことすんなや」

　わたしは時計の包みを彼に押しつけた。

　彼はすっと手を引く。

「あげるわ。万引きなんてしちゃ駄目よ」

　彼の顔が歪んだ。わたしははじめて、この少年がとても可愛らしい顔をしていることに気づいた。

　少年の唇が震えながら開いた。

「ええことしたつもりか？　それで」

　そう言われても腹は立たなかった。

　わたしはデニムジャケットのポケットに、その時計を押し込んだ。

「警備員が見ていたから。ただ、それだけ」

　そのまま、彼に背を向けて歩き出した。

不思議なことに心はひどく軽くなっていた。

第四章　現われる

「雄大」

目隠しの衝立《ついたて》から、里菜が顔を出す。

「おう、なんや」

外注のライター原稿をチェックしていたぼくは、顔を上げた。

「こないだのことやけど」

ぐるりとまわってきて、ぼくの横に立つ。相変わらず、化粧っ気のない顔に、だぼだぼのパンツという色気のないスタイルである。しかし、これでもファッション関係の原稿なども楽々こなすというのだから、恐れ入る。

「これ、取材可能な店のリスト」

殴り書きのようなメモを机に置く。そこには五軒ほどの店の名前と住所、電話番号が書かれていた。

「お、すっげー。助かるわ。ありがとう」

「苦労したんやからね。変な質問して相手を怒らせせんといてや」

「ま、そのあたりは、おれもプロやし、大丈夫や」

「どうだか」

ひどい言いぐさだが、まさか五軒もアポを取ってもらえるとは思わなかったので、聞き流すことにする。

そういえば、と、気になっていたことを聞く。

「あそこ行ったか？」

「合田接骨院？」

「そう」

彼女は腕組みをして、うーん、と唸《うな》った。

「行ったんやけどね、記事にするのはどうしようかなあ」

「あんまり、ボロすぎるか？　それとも、先生になんか失礼なこと言われたか」

「んー、というより」

里菜は、ちらりとぼくを見る。

「『タルト』に書いて、混むようになると嫌やしなあ」

「なんや、気にいったんかい」

「うん、めっちゃ上手やし。あんなとこが近くにあると入稿明けのときなんか、助かるわあ」

　ぼくは苦笑する。自分の肩こりよりも記事のほうが大事なのではなかったのか。

「先生、男前やしなあ」

「男前って、力先生が？」

あの無愛想な男がか。ぼくは里菜の感覚を疑った。

「そう。セクシーやわあ。わたし、めっちゃ好みのタイプ」

「あんな、愛想もくそもないような男が？」

「そこがええんやないの」

　そういうものだろうか。意外なところで里菜の好みのタイプが発覚したものだ。

「とにかく、どうもありがとう。助かったわ」

　メモを軽く上げて、礼を言う。

「ま、困ったときはお互い様やしね」

　立ち去りかけて、彼女はふと、なにかを思い出したように足を止めた。

「そうそう。そこの花丸ついてる店あるやん？」

　メモを見る。たしかに一軒の店名に赤で花のマークが書いてある。

「そこだけ、店名を実名で出してもいいって言ってたよ」

「ほんまか。珍しいな。こんな取材やのに?」

「そう、わたしもびっくりしたんやけどね。少しでも名前売りたいんかなあ、と思ったんやけど」

「わかった。ありがとう」

彼女が立ち去ったあと、ぼくは電話にすぐ手を伸ばした。改めてアポを取るつもりだった。

ハイドアンドシークは長堀《ながほり》通に近い場所にあった。セレクトショップと言うのだそうだ。ひとつのブランドのものを扱うのではなく、幅広いブランドから、オーナーが自分のセンスで扱う商品を決めるという店らしい。

このあたりは、このようなブティックや、美容院、ファッションビルがあるかと思うと、昔ながらの酒屋だとか、小学校などもあって、なんだか雑然とした場所である。もちろん、合田接骨院の入っているような、汚い雑居ビルもあちこちにある。

店はすぐに見つかった。コンクリート打ちっぱなしの洒落たビル。ガラス張りの壁面に、美しくディスプレイされた商品が並んでいる。

　せめてスーツでも着てくれればよかった、と、ちょっと後悔する。いつも通りの汚い格好では、すぐに放り出されそうだ。

　平日のせいか、店には店員らしき女性しかいない。

「すみません。浦里店長はいらっしゃいますか」

　鏡を拭《ふ》いていた女性が立ち上がった。

「あ、雑誌の方ですね。少々お待ちください」

　パーティションで区切られた事務所に消える。すぐに店長らしき女性が出てきた。たぶん、二十代後半か三十代前半。いかにもアパレル業界らしい、華やかな印象の女性だった。若さとは不つりあいなほど自信にあふれて見えた。

「どうも、お忙しいところ、失礼します」

「あ、いえ、平日の昼間は暇なんですよ。どうぞお気になさらないで」

　店の隅に置かれた、白いテーブルに案内される。

「素敵なお店ですね。すぐにわかりましたよ」

「ありがとうございます。『タルト』さんには以前も紹介していただいて、お世話になっています」

「ご自分のお店なんですよね。すごいなあ」

「ええ、本当に冒険でオープンしたんですが、おかげさまでなんとかやっています」

シンプルな内装だが、空間の使い方にセンスが感じられる。

「取材の内容については、『タルト』の木戸《きど》が少しお話ししたと思いますが。もし、内容について、これはうちの名前を出さないでほしい、といったことなどありましたら、ご遠慮なく言ってください。プライバシーについては充分考慮いたしますから」

「わかりました」

彼女は白い革のソファにゆったりと腰を下ろして、足を組んだ。

「実はね。木戸さんからお話をうかがってびっくりしたんですよ。そのことについて、わたしもいろいろ考えている最中だったものですから」

「と、言うと?」

「わたし、以前も洋服屋で働いていましたけど、そのときはお客様に売ることしか考えていませんでした。お客様にうちの服を気に入っていただいて、売る。それだけ。でも、オーナーになってみると、それだけではすまなくなってきて……」

彼女は脚を組み替えた。

「自然と、たくさん買ってくださるお客様とは、親密なつきあいになりますし。そうなると、ただ、売るだけでいいのか、と考えてしまうんですよ」

ぼくは、彼女の顔を見た。きゅっと意志が強そうにつり上がった眉、色の薄い口紅。

「それは、どういう意味ですか？」

「実は、お客様のひとりに、普通の若い奥様なのに、月に五十万から百万近くもうちで買われる方がいらっしゃって……」

「五十万から百万円ですか？」

驚いて聞き返す。

「そうです。それを半年近くかしら」

「失礼ですが、お宅の洋服はだいたいいくらくらいの……」

彼女は顎《あご》に手を当てて、店を見回す。

「だいたい、ボトムスで五万から七万くらいかしら」

「ええと、ボトムスというと」

「スカートやパンツですね。ジャケットやワンピースで七万から、十二万くらい。ものによったら二十万近いものもあります」

ひえー、高《たけ》えー、と心でつぶやく。

「だから、スーツなどと揃えて、小物なども購入していただくと、すぐに三十万くらいにはなってしまうんですけどね」

「それにしても、五十万から百万というのはすごいですね」

「でしょう。わたしも少し心配になって、ちょっとその方のことを調べてみたんですよ。そしたら、旦那さんもそんなに高収入というわけでもなさそうなんですよ。もちろん、奥さんの実家がお金持ちだとか、そういう理由があるのかもしれないんですが」

「なるほど、おいくつくらいの方ですか？」

「三十代かしら。きれいな人ですよ」

メモを取りながら考え込む。そういう人に取材ができればいいのだが。

「それでも、こちらとしては『こんなにお買いになって大丈夫ですか』とは言えませんしねえ」

それはそうだ。

「支払いはカードですか？」

「ええ、もちろん。ご自分のカードのこともあれば、旦那さんの名義のカードのこともあります」

ぼくは思い切って切り出した。

「その方にお話を聞く、というわけにはいかないでしょうか。もちろん、仮名で。取材内容は隠してもいいですし」

「うーん。こちらから、住所をお教えするわけにはいかないですよね」

彼女は、苦笑する。

もちろん、それはそうだ。

「こんど、お店にこられたときには、それとなく聞いてみます。いつになるかわかりませんが、それでいいですか」

「あ、もちろんかまいません。よろしくお願いします」

考えていた以上の好感触に、ぼくは胸の中でにやついた。

「わたしも今となると、そのお客様に親しみを感じていますし、もし、その方が無理な買い方をしているんでしたら、やめてもらいたい気持ちが大きいんです」

ぼくは頷いた。店内を見回して尋ねる。

「失礼ですが、こちらのお店、売り上げはどのくらいですか?」

彼女がくすっと笑う。

「そんなことまでお聞きになるんですか?」

「ずうずうしくてすみません。差し障りがあるようでしたら結構です」

「これは書かないでくださいね。でも、平日はカットソーや小物しか売れないこともありますし、二、三万ということもありますよ。まあ、休日だとだいたいコンスタントに百はいくかしら」

「しかし、だとすると、そのお客さんがいるかいないか、というのは結構大きいですよね。休日の一日分だということですから」

なんの気なしに言った一言だった。だが、ペンを弄《もてあそ》んでいた彼女の手が、すっと止まった。

失言をしたのだろうか、と思って詫《わ》びようとすると、すぐに笑顔に戻る。

「ええ、そうですね。でも、わたしとしては、一回にたくさん買っていただくよりも、少しずつでいいから、長くおつきあいいただくほうがいいですね」

「あ、それはそうでしょうね」

店員の女の子がコーヒーを持ってくる。どうやら出前を取ってくれていたらしい。得体の知れない週刊誌屋に、ずいぶん、親切なことである。それとも、これも「タルト」の威光だろうか。

機嫌をよくしたぼくは、若い女性の買い物傾向や最近の流行などをもう少し聞くことにした。情報は仕入れられるところで、仕入れておかなくてはならない。

残りの店も、一日でまわることができた。全部ミナミに集中していたのが、ラッキーだった。機嫌をよくして社に戻る。しかし、今夜は片づけなければならない原稿がほかにもたくさんある。まだ、しばらく帰るわけにはいかない。

机に戻ると、沢口が話しかけてくる。

「おまえのほう、進み具合どう?」

「わからん。終電までに帰れるかなあ」

沢口は上着を羽織りながら言った。

「じゃ、晩飯食いに行こうや。コンビニ弁当いうのも空《むな》しいやろ」

男ふたり、夕方の街へ出る。夜となれば、仕事から解放された若者が、あちこちで楽しそうに振る舞う。腕を組んで歩くカップルの横をすり抜け、足早に歩く。

目指すは近所のカレー専門店だ。量が多く、値段も安いため、よく利用していた。ライスはいくらでもお代わりできるため、貧乏学生にも人気が高い。

広い店内は、すでに一杯だった。唯一空《あ》いていたふたり用の狭い席に座る。

「あ、おれ、ビーフカレー」

メニューも見ずに注文する沢口をそのままに、ぼくはメニューを開いた。

「ええと、ベジタブルカレーと、それとグリーンサラダ」

沢口が目を丸くする。

「なんやねん、おまえ。その女の子みたいなオーダーは」

「ほっとけ」

なんとなく、力先生の話を聞いてから、「今日は野菜食べてないよなあ」などということが気になって仕方がない。まあ、弁当を作るほどまめではないが、早く帰った日には簡単なものを自炊したりもしている。

「そういえば、おまえ、野菜ジュースやパック牛乳飲んだりしてるよなあ。前は缶コーヒー一辺倒やったのに」

「まあな」

沢口は下からぼくの顔を睨《ね》め付けた。

「ずばり、女の影響やろ」

「なんでやねん」

「いや。男が急に生活習慣を変えるときには、必ず女の影があるんや。きっと、可愛い彼女に『身体に気をつけてね。野菜も食べなきゃ駄目よ』なんて言われたんやろ」

妙な声色を使い、身体をくねらせて喋る。気持ち悪い。

「そんなんやないよ」

とはいえ、たしかに不思議だ。今までも数え切れないほどの人間から「身体に気をつけろ」と言われ続けてきたのに、まったく気にしたことはなかった。

しかし、今回は。

おしぼりで手を拭いていたぼくは、ふと、店内に見慣れた顔を見つけた。

歩ちゃんだった。いつもの白衣ではないから、気づかなかった。肩までの髪を後ろで軽くまとめて、ゆったりしたワンピースを着ている。

彼女はひとりで食事をしていた。

（まったく、沢口なんかと一緒にくるんじゃなかったな）

ひとりできていたのなら、さりげなく彼女のテーブルに移動だってできるのに。ぼくは、いつの間にか、漫画雑誌を読み始めている沢口を、憎々しく見た。

椅子の背もたれに肘をのせて、歩ちゃんを観察する。声をかけにいってもいいが、さきほど沢口にからかわれたばかりだ。なんとなく話しかけにくい。

彼女は結構な量のカレーをぱくぱくと食べていた。なんとなく、その食べ方が気にかかった。ちっとも美味しそうには見えなかった。まるで、皿から口の中へスプーンで移動させているようだった。

見ていると、彼女はライスのお代わりをしていた。姉妹揃ってよく食べるものだ。

途中でルーがなくなったのか、彼女はライスに塩を振って、食べはじめた。スプーンで口の中に押し込んでいるようだ。

こちらにもカレーが運ばれてくる。ぼくは食事に集中することにした。沢口は漫画雑誌がおもしろいのか、片手でめくりながら、スプーンを動かしている。

食べ終わって、もう一度歩ちゃんのいるテーブルを見ると、彼女はデザートのケーキを食べていた。

(あれ？　ケーキ嫌いなんじゃなかったんだろうか)

それとも、ケーキの種類によって好き嫌いがあるのだろうか。どうも女の子の心理はわからない。

「行くか？」

漫画雑誌を読み終わったらしく、沢口が立ち上がった。ぼくも頷いて、あとに続く。

レジで金を払いながら、もう一度見る。彼女は、またウエイトレスを呼んで、なにか注文していた。

結局ゆうべは徹夜になってしまった。身体中ががちがちに固まっている。ということで、社を抜け出して、合田接骨院に行くことにする。

「あら、こんにちは。小松崎さん」

歩ちゃんの姿はなく、恵さんが迎えてくれる。

「こんにちは。空いてる?」

「ええ、すぐできますよ。そこ入ってください」

カーテンを開けたとたんぎょっとした。足が目の前にあった。

「せ、先生。なにしているんすか」

力先生は、壁際で逆立ちをしていた。ぼくに気づくと、ぐるん、と足をついて、元に戻る。

「なんや、なに驚いているんや」

「驚きますよ。普通」

カーテンを開けたとたん、逆さまになった人間を見つけて驚かないはずがあろうか。

「逆立ちはええぞ。いつもと景色が違うように見える」

「先生、それは当たり前です」

ふん、と先生は鼻を鳴らす。

「当たり前のことも、やってみなわからへんで」

いつも通り、上半身裸になって、ベッドに横になる。

「なんや、また無理したんか」

はあ、とため息をついた。ぼくだって、無理なんかしたくない。

「ゆうべ徹夜やったんです。でも、遊んでいたわけやないですよ。仕事やったんやから、しょうがないです」

頭と腰を押さえられて、軽く揺さぶられる。心地よい刺激に、うー、と声が出る。

「まあ、ここへくるだけ上出来や」

足をつかんで引っ張られる。これも気持ちいい。

「先生。いつもやること違いますよね」

「ん、そうや」

「どんな基準で、決めるんですか？　今日はどうして治療しようとか」

「ああ、勘や」

がくっとくる。なにか、根拠があるのだと思っていたぼくがバカだった。

「いや、もちろん、なんもわからんとやっているわけやないで。でもな、マニュアル通り決まったやり方でやるよりも、ある程度は勘にまかせたほうがうまくいくんや。なんやろうな。人間が人間を治療する、というところには、知識では計り知れんもんがあるんとちゃうかなあ」

折り曲げた足を上から押される。たしかにこれも気持ちいい。

「そういや、この前、おまえの紹介や言うて、ひとりきたで」

「あ、里菜ですか？」

「たぶん、そうや。同じ会社やて言うてたな」

背中にまたがられ、今度は背中をぐっと押される。呻《うめ》きながら、言った。

「あいつ、先生のこと、タイプやって言っていましたよ」

「お、うれしいなあ。おれも、ああいう女は好きやで」

腰骨のところをぐりぐりときつく揉みほぐされる。

「あ、そうですか」

さすが変人。趣味がなかなか変わっている。

「ああいう子はええな。心と身体が頑丈にできとるわ」

「それは誉《ほ》めているんですか？」

「思い切り誉めているつもりやけどな」

時間をかけて揉みほぐされると、徹夜の疲れが溶けるように消えてくる。ぼくはもう喋るのをやめて、そのまま目を閉じた。

「はい。座れ」

言われて、ベッドの上に正座する。背中を強く膝で押されて、背骨が軽く鳴った。

「はい、終わり」

「あ、ありがとうございます」

施術が終わったあとの身体は、八時間寝たあとのように軽かった。

「でも、自分。だいぶましになったで」

「そうですか?」

「ああ、調整するのに、気力がいらんようになった」

服を着ながら尋ねる。

「悪い人を調整するのは疲れるんですか?」

「ああ、疲れる疲れる。全身から変な汗が出てくるで。最初のおまえがそうやった」

そんなものなのだろうか。ぼくは服を着ると、礼を言って、部屋から出た。

受付で、お金を払っていると、歩ちゃんが戻ってきた。手に問診票の束を抱えている。

どうやらコピーに行ってきたらしい。

「あ、小松崎さん、こんにちは」

ふっくらとした頬にえくぼを浮かべて微笑む。まったく憎らしいくらいに可愛い。

「最近、小松崎さんが紹介してくださったせいか、少しきてくださる方が増えたんですよ。問診票が減るのも早くて」

「そう、それはよかった」

財布を鞄にしまいながら、ふと思い出して言う。

「そういえば、歩ちゃん、昨日、鰻谷《うなぎだに》のカレー屋にいたよな」

問診票を数えていた彼女の手が止まった。怯《おび》えたような目でぼくを見る。白い頬が青ざめていた。

「え、どうかした?」

「小松崎さんもいたんですか……」

「え、そうだけど」

彼女の目が潤《うる》んでいるように見えた。なにがなんやらわからず、ぼんやりしているぼくをそのままに、彼女はいきなり、引き戸を開けて飛び出していった。

「あ、歩ちゃん!」

追いかけようとすると、腕をつかまれた。恵さんだった。

するどい音がして、頬に痛みが走る。平手打ちされたのだ、と気づくのには時間がかかった。

「なにするんや！」

じんじんする頬を押さえながら言った。この理不尽な状況はまったく理解できなかった。

「なんで、あんなこと言うのよ」

「言うたらあかんのか」

「あかんに決まっているやない。この鈍感男！」

ぼくは呆然としたまま、立っていた。いったいなにがいけないと言うのだ。無性に腹が立ってくる。

「ほんま、最低やわ」

「最低ってどういうことやねん」

「ことばの通りよ」

「そんなん言われる筋合いはない」

「なによ、どういうことよ」

ぼくは、彼女の目を見据《みす》えて言った。

「だれとでも寝るんやろ」

彼女の顔が強《こわ》ばった。

「なによ、それ。あんたには関係ないやん」

「関係ないことあるか。そんな女にえらそうなこと言われる筋合いはない」

彼女の声が震えた。

「わたし、あんたに迷惑かけた？」

「迷惑？」

「嘘ついて誘った？　あんたの気持ちを弄んだ？　そんなんしてへんよね」

ぼくは思わず言葉に詰まった。やっと、言い過ぎたことに気づく。

「無理矢理、ホテルに連れ込んで強姦《ごうかん》したっけ。そんなん気ぃつかへんかったわ」

「恵さ……」

もう遅かった。彼女は、開いた引き戸から外へ出ていってしまった。

自己嫌悪がこみあげてくる。いくらなんでも言ってはならないことだった。

人の気配を感じて振り向いた。

力先生がカーテンを開けて立っていた。壁にもたれたまま、腕組みをしている。

「なんでもええねんけど」

深々とため息をつく。

「うちの助手、ふたりとも追い出すのはやめてくれへんかなあ。このあと、おれ、どうしたらええねん。受付も会計もひとりでするんか？」

「すみません」

「ちょっと入れ」

手招きされて、カーテンの中に入る。先生がベッドに腰を下ろしたので、ぼくは椅子に座る。いつもと反対だ。

「ま、あんまし気にするな。おまえが百パーセント悪いわけやない。かといって、全然悪いわけでもないけどな」

「恵さんに対して言い過ぎたのは、ぼくが悪いです。でも……」

なぜ、あんなことくらいで、歩ちゃんは泣いたのか、恵さんは怒ったのか、それがまったく理解できなかった。

先生は困ったような顔をして、頭を掻《か》いた。しばらく黙って天井を眺めている。

「あいつらなあ。早く言えば病気なんや」

「病気？」

ぼくは驚いて、先生の顔を見た。そんなふうにはまったく見えなかった。

「あれでも、だいぶましになったんやで。おれが最初に拾ったときは、もうぼろぼろやった。姉妹同士憎みあっていたし、まともに仕事なんかでけへんかった。今は、仕事もできるし、遊ぶこともできる。ふたりでいたわりあうこともできるようになった。ずいぶんな進歩や」

「病気っていったい、どこが悪いんですか」

「心や」

先生は足をぶらぶらと揺らした。

「歩は摂食障害。拒食と過食を繰り返さずにはいられない。恵は、まあ、セックス依存症みたいなもんやろうなあ。男と寝ることでしか、自分の価値を確認でけへんのやろう」

信じられなかった。明るく見えたあのふたりに、そんな部分があっただなんて。だがたしかに、そうなら納得できる部分がたくさんある。

「どうして、そんなことになってもうたんですか？」

「それはおれから話すことやないやろ。あのふたりが、おまえに話したかったら話すやろ」

たしかにそうだ。ぼくは黙った。痛ましさに胸がつぶれそうだった。

「だからといって、あいつらを莫迦《ばか》にせんといてやってくれや。莫迦なことをやっているのはたしかやねんけど」

頷いた。莫迦にするつもりなどない。

先生は、天井を見ながら話し続けた。

「おれ、あいつらはカナリヤやと思っている」

「カナリヤ？」

「そう、知っているか。トンネル工事をするときに、カナリヤを一緒に連れて行くんや。カナリヤは空気が薄いと生きていかれへん。カナリヤが、呼吸困難に陥《おちい》ったのを見て、人間はこの先が危ないことを知るんや」

以前、新興宗教の事件で、有毒ガスが作られている可能性のある場所に踏み込むとき、警察がカナリヤを連れていたことを思い出す。

「あいつらはカナリヤや。あいつらが呼吸困難で苦しんでいるのは、決して他人事《ひとごと》やない。ほかの人間に危険を教えているんや。あいつらの悲鳴を無視していくわけにはいかんのや」

先生は、言い終わるとぼくを見た。まっすぐな視線に捉《とら》えられて、ぼくは頷く。

「わかりました」

「たぶん、あいつらも一晩経つと、冷静になると思う。おれからもきちんと言うとくから、気にせんとまたきてくれ」

「はい」

立ち上がって、お辞儀をする。言われなくてもぼくはまたここにくるだろう。謝らなくてはいけない。あのカナリヤたちに。

第五章　歪《ゆが》む

日曜なのに、彼は出かけていった。しょうがないことはわかっている。サラリーマンや公務員のように、決まった日に休めるというわけではない。実際、彼の店は休日も営業しているのだから、なにか問題があれば出ていかなければならないのだ。

部屋にひとり残されてため息をつく。休日の街は嫌いだ。無意味に浮かれた人ばかりいる。あふれるような人の中では、まともに歩くことすら困難だ。

外にはでたくない。けれども、お義母《かあ》さんがやってくるかもしれない。あの人とふたりきりになるのは嫌だ。電話でもかかってきてしまえば、もう逃げられない。

わたしは立ち上がった。やはりでていこう。あまり人のいないところを選んで歩けばいい。

着替えて、適当に化粧する。

鏡の中のわたしは、日に日に醜《みにく》くなっていくようだ。頬はげっそりとえぐれているし、ファンデーションを塗っても隈《くま》は消えない。

新製品のファンデーションを使ってみれば、少しは変わるだろうか。そう考えながら、イヤリングをとめ、鞄を持った。

午後早い時間だというのに、空は紙のように白く、あたりは薄暗かった。それでも、マンションの前では、喚声《かんせい》を上げて遊んでいる子どもと、それを見守る母親や父親がいる。

「お姉さん！」

だれかがだれかを呼んでいる。わたしはゆっくり公園の横を通り過ぎる。

「お姉さんて！」

いきなり、肩をつかまれた。まさか、呼ばれているのが自分だとはまったく思わなかった。

振り返ると、そこには高校生くらいの男の子が立っていた。一瞬気づかなかった。だが、すぐに思い出す。このあいだ、万引きしていた少年だ。

愛玩犬みたいなくるくると丸い眸《ひとみ》、華奢《きやしや》な身体。日に焼けた蜂蜜色の肌。

「あら」

このあたりに住んでいるのだろうか。見かけたことはなかったけれど。

彼はわたしの顔をじっと見据えると、力一杯頭を下げた。

「このあいだは、ごめん」

さらさらした髪が揺れる。

「ごめんなさい。助けてくれたのに。あんなひどいことを言うて」

わたしは首を振る。

「いいのよ。あなただって、びっくりしたでしょ。変な人だと思って当然だもの。気にしないで。別に謝らなくていいのよ」

「いや、謝らんと、おれ、自分のことが嫌いになる」

わたしは驚いた。なんとなく不思議な気がした。なにかをしないと、自分が嫌いになる。そんな考え方をしたことはない。自分のことなんかいつだって、大嫌いだった。

「このあたりに住んでいるの？」

そう尋ねると、彼は目を伏せた。

「そうやない。実はこのあいだ、ずっと後をついてきたんや」

驚くわたしに、言い訳するようにことばを重ねる。

「謝らなあかん、と思って追っかけたんや。でも、どうしても、勇気がでなくて……」

彼は上目遣いにわたしの顔をうかがう。そのことばで、わたしが怒ったり、嫌悪感を示すと思ったのだろうか。

わたしは怒っていないことを伝えるため、笑顔になった。

「じゃあ、もしかして今日は？」

こくり、と頷く。

「会いに来た。仕事が休みやったし、会えるかどうかはわからんかったけど……」

「仕事しているの？　高校生だとばかり思っていた」

「高校は行ってへん。ガソリンスタンドで働いている」

「そうなの……」

わたしはもう一度彼の全身を見た。身体にあっていないジーンズ、汚れたスニーカー。のばした前髪の下からのぞく、まっすぐな眸。

彼の見せた、素直な感謝の行動がうれしかった。

少年はもう一度、元気よく頭を下げた。

「それだけ。じゃあ！」

わたしは彼の腕をつかんだ。細いのに筋肉の弾力が指に伝わってくる。

「せっかくきてくれたのに、そのまま帰すわけにはいかないわ」

「え、でも……」

「お昼ごはん、食べた？」

彼は首を振る。わたしも食欲がなくて、朝からなにも食べていなかった。けれど、急にお腹が空《す》いてくる。

「じゃ、ごちそうしたげる」

なんのためにきたんかわからへんから、とぼやいて、辞退する少年を、無理矢理、近所のファミリーレストランへ連れ込んだ。

家族連れで賑《にぎ》わう店内で、見晴らしの悪い二人がけの席に案内される。

大きなメニューを受け取って、少年に渡す。

「なんでも好きなもの頼んでいいわよ」

彼は頷いて、メニューを開いた。

「そやけど。どっかでかけるんちゃうかったん?」

「暇だから、近所をぶらぶらしようと思っていただけ。だから、声かけてくれてうれしかったわ」

そう言うと、彼は口を引き結ぶようにして、笑みを浮かべた。

ウエイトレスが注文を取りにくる。わたしはスパゲティを、彼は、ハンバーグのセットを注文する。

　ウエイトレスが去ると、彼はテーブルの上で手を組み合わせた。

「おれ、原和樹《はらかずき》」

「墨田茜」

　端《はた》から見れば、わたしたちはどんなふうに見えるのだろうか。姉と弟、いや、それはずうずうしいかもしれない。下手をすれば、若い母親と息子でもおかしくない。

「いくつ？」

「十八。茜さんは？」

「女性に年を聞くものじゃないの」

　彼は、水を飲みながら、まばたきした。

「変なの」

「そうなの。ちゃんと覚えておきなさい」

「結婚しているの？」

　わたしは頷いた。彼の手首に目をやる。腕時計はこのあいだのものとは違った。

「こないだの時計、しないの？」

「あれ、返した」

「返した？」

「カードで買ったやろ。あのあと、持っていって返品したいって言ったら、店員がこれ、返してくれた」

ポケットの中から、くしゃくしゃに丸めたカードの支払い用紙を出す。わたしはそれを受け取った。

「別によかったのに。欲しかったんじゃないの？」

「欲しかった。けど、あんなふうに買ってもらったら、この先見るたびに恥ずかしくて、自分のことが嫌いになる」

わたしは、また驚いて、彼を見た。彼の、その青竹のようなまっすぐさが不思議だった。

「わかったわ。じゃあ、もう万引きなんかしないわね」

「せえへん」

彼は目を伏せて、つぶやいた。

「なんか、大人がやっていることって、全部、莫迦にしてええと思ってたんや。大人が売っているものは盗んでもええような気がしていた。でも、そうやないんや。あんなふうに、腕時計を売っている人の中にも、茜さんみたいな人はいるんやろうなって、そう思った」

わたしは、ひどく面映《おもは》ゆくて、彼から視線を逸《そ》らした。

単なる気まぐれでやったことだった。それなのに、彼はこんなに感謝してくれていた。

料理が運ばれてくる。彼は、旺盛な食欲を発揮して、ハンバーグセットを食べはじめた。不作法ともいえる食べ方なのに、まったく不快感は感じなかった。

不思議な気持ちだった。なんだか、とても楽しかった。

彼はいろんな話をした。テレビの話や、友だちの話、ガソリンスタンドの仕事の話。彼の話は気まぐれに、あっちこっちに飛んだ。馴染《なじ》みのない単語がたくさん出てきたけれど、なぜだか、聞いているだけで楽しかった。

声を出して笑ったのはひさしぶりのような気がした。

ハンバーグもライスもきれいに平らげて、口のまわりのケチャップを拭《ぬぐ》う。

「うまかった。ずっとほか弁とか、コンビニ弁当とかしか食うてへんかったし」

「え、お母さんは、作ってくれないの？」

彼はわずかな暗さも見せずに言った。

「おれ、もう家出ているから」

「じゃあ、一人暮らしなの？」

「職場の寮におる。部屋は先輩と一緒や」

まだ、食べ盛りなのに、そんな食生活では身体に悪いのではないだろうか。

「じゃあ、わたしの手料理でもごちそうしてあげればよかったわね」

彼は目を見開いて、大袈裟に両手を振った。

「あかん、そんなん。旦那さんに怒られるやろ」

「子どものくせに、妙な気を使うんじゃないの」

「それはえらいけど。でもまだ未成年でしょ」

「子どもちゃうよ。もうちゃんと働いている」

ふと、切なくなる。こんな若いのに、もう社会に出て、一人前の仕事をしている。同い年の少年たちは勉強をしているか、高校のグラウンドでサッカーなどに興じているのではないだろうか。

わたしが彼の母親だったら、絶対にこの年では働かせない。社会に出て学ぶのは、もっとあとでも遅くはないはずだ。勉強だけでなく、絵を描いたり、スポーツをしたり、好きなように時間を過ごす権利が、この年齢の少年にはあるはずだ。

「どうして、学校行かないの？」

その質問に、彼は、少し口ごもった。

「そうなの……」

「嫌いやから」

明快な答えだった。けれども、それは彼の心から出たことばのようには聞こえなかった。

なにか事情があるのかもしれない。

それ以上のことは、聞けなかった。会ったばかりなのに、詮索《せんさく》好きのおばさんだと思われるのは嫌だ。

「でも、若いのにそんな食生活していると、身体に悪いわよ」

「そうかな。でも全然平気やで」

「平気じゃなくなってからじゃ遅いの」

彼は、ちらり、とわたしを見上げた。

「おかんみてえ」

だがその口調からは、不快さは感じなかった。

「ね、今度、ごはん食べにきなさいよ。昼なら、ほとんどうちの人いないから」

「いやや」

即答。可愛くない。

「茜さんの家に行くのはいやや。外で会うんならええけど」

「どうして」

「だって、旦那さんの留守に、勝手に家にあがりこむやなんて」

「いいって言っているのに」

「茜さんがよくてもおれはいやや。男としてのプライドが許さへん」

わたしは噴き出した。

「あ、笑《わろ》うた」

「いっちょまえなこと言うんじゃないわよ」

「せやかて」

「じゃ、こんど会うときに、栄養たっぷりのお弁当持っていってあげるわ。持って帰って食べなさい」

彼は、両手を胸の前で合わせて、お辞儀をした。

「それやったらいただきます」

わたしは彼の携帯の電話番号を聞いた。わたしの電話も教えるつもりだったけど、彼が拒んだ。

「おれ、なんかいやなことあったら、すぐに茜さんに電話してしまいそうや」

「いいわよ。別に」

「いやや。おれがなんかかっこわるい。茜さんのほうから電話してくれ」

彼がなにこだわっているのかはわからなかった。けれどもなんとなく、そのこだわりが愛《いと》おしかった。

わたしは彼の書いたメモをぎゅっと手の中に握りしめた。

美代たちに、また会うことになった。今度は心斎橋のホテルで待ち合わせをする。

このあいだ買ったワンピースを着ていこうと思ってやめた。「それしか持っていない」と思われるのがいやだった。わたしは以前買った、ブルーグレーのワンピースに袖を通した。

水の流れるロビーで、美代はもう待っていた。手を振って駆け寄る。

白いコットンのカットソーと、黒の七分丈のパンツ。足元はヒールのないサンダル。カジュアルなスタイルなのに、とてもエレガントに見える。

やはり、こういうセンスは、たくさんの服を見て、たくさんの服を着こなして、磨かれるものだろうか。高校生の時の美代は、ファッションやデザインのセンスなど、まったくない女の子だったのに。

「そういえば、浩子からさっき電話あったよ。十五分ほど遅れるって」

「あ、そう」

「茜も携帯持てばいいのに」

返事をごまかすために笑う。携帯電話を持ったとしても、連絡があるのは美代たちだけだろう。わたしには必要ないものだ。

香奈が少し遅れてやってくる。ベージュに黒のトリミングがされたスーツに、パールのネックレスとイヤリング。

「ね、今日はお昼、茜の旦那さんのお店で食べようか」

「え？」

わたしは驚いて香奈の顔を見た。

「あ、いいね、賛成」

美代がわたしの顔を見て、少し眉をひそめた。

「どうしたの、茜」

「わたし、長いこと店に行っていないし……」

結婚前に一度連れていってもらっただけだった。たぶん、店の人はわたしのことなど覚えていないだろう。彼は、いつも、店ではなくて、桜川《さくらがわ》の方にあるオフィスにいるはずだ。

「だいじょうぶよ。別に、まけてくれ、とかサービスしてくれ、とかいうつもりで行くんじゃないんだから。気づかれなかったら、その方がいいじゃない。普通に食事して、帰ってこようよ」

そう言われてほっとする。それくらいなら、別にかまわないだろう。

浩子がやってきたのでタクシーで移動することにする。

彼の店、アルルカンはミナミの西端にあった。オフィスの多いあたりだが、心斎橋から足をのばすこともできる。

店の前でタクシーを降りて、地下にある店に入る。昼食時は少し過ぎていたので、店は混んではいなかった。

メニューを持ったマネージャーに席まで案内される。彼はわたしに気づかなかった。無理もない。結婚が決まったころ、一度連れてこられただけだ。

彼は、テーブルに着くと、まっさきに美代の椅子を引いて彼女を座らせた。ワインリストも彼女に渡す。どうやら、彼女は常連としての扱いを受けているらしかった。

無性に恥ずかしくなる。オーナーの妻なのに、まったく気づいてはもらえない。普通ならば、ここは、彼女らにいちばんいい顔が見せられる場所のはずなのに。

ワインと料理の注文が終わると、香奈は「ふうん」とつぶやいて、店の中を見回した。どういう評価をされているのか、不安でしょうがなかった。

スペイン風の薄暗い内装は、彼女らの目にどんなふうに映っているのだろう。

若いウエイターが、ナイフやフォークをわたしの前に並べる。彼の手が、わたしの肩に強く当たった。彼は、わたしの顔をちらりと見ると、詫《わ》びもせず、その場を離れていった。

浩子が、去っていったウエイターを見ながら言った。

「なに、あれ。感じ悪いー」

美代がくすくすと笑う。

「オーナーの奥様なのにねえ」

たぶん、その笑いはウエイターに向けられているのだろう。けれども、自分が笑われたような気がした。身体がかあっと熱くなる。

前菜から料理が運ばれてくる。料理は美味しかった。いや、わたしは美味しいと思った。彼女たちがどう思ったのかはわからない。だが、あきらかに駄目だったのは、サービスだ。

まだ、スープも飲み終わっていないのに、メインディッシュを運んでくる。全員が食べ終わっていないのに、せかすように皿を下げる。致命的だったのは、食後のコーヒーが、ソーサーにこぼれていたことだ。

だれもなにも言わない。けれども彼女らの不快感は黙っていても伝わってくる。わたしはいたたまれなくて、唇を咬《か》んだ。

奥から、ウエイターたちの私語が聞こえてくる。ときたま大きくなる笑い声に、香奈が眉をひそめる。

雰囲気が息苦しくて、わたしは自分から言った。

「あのウエイター、ちょっとあんまりだよね」

わたしが言ったことで、みんな楽になったのか、雰囲気が少しやわらいだ。

美代が煙草に火をつけた。煙を吐きながら言う。

「わたし、夜はよくくるんだけど、夜の子たちはこんなんじゃないけどねえ」

「昼はオーナーのチェックがあんまし入っていないんじゃない？」

香奈のことばにちょっとほっとする。

「そうかも。うちの人、オフィスのほうにいることが多いし」

浩子が肘でわたしを軽くつつく。

「じゃあ、御注進しちゃえば？　言ったほうがお店のためだよ」

「うーん、身にしみるなあ」

香奈が笑う。

「それは主婦だって同じよ。ちょっと、掃除に手を抜いているときに限って、お姑《しゅうとめ》さんくるんだもん」

「ひえええ、それってホラー?」

みんなの笑い声が響いて、わたしはやっと少しだけ気楽になる。


帰りにまた、美代の店で買い物をしてしまった。スカート一枚だけのつもりだったのに、合わせられたカットソーやアクセサリーを全部買うと、軽く十万円を超えてしまった。

いったい、今月はどのくらい買ってしまったのだろう。考えるだけで恐ろしい。けれど、香奈や浩子が買っているのを見ると、いらないとは言えなかった。

家に帰ってから、わたしは夕食の席で、彼に切り出した。

「今日ね、アルルカンに行ってきたの」

だし巻き卵を口に運んでいた、彼の手が止まった。ゆっくりと口の中のものを飲み込む。

「どうして……」

「ん、友だちが行きたいって言うから」

「前もって言っていたら、マネージャーにきちんと連絡するのに」

「そんな大袈裟な感じじゃないのよ。それに、友だちの一人は、よく行っているんだって。常連みたいだったわよ」

「で？」

なんとなく彼の声には棘《とげ》があった。だが、その理由に気づかず、わたしは話を続けた。

「なんか、ウエイターの男の子たち、感じ悪かったわ。もっと、きちんと教育したほうがいいんじゃない。私語も多かったし、サービスも」

「茜」

彼が、ことん、と箸を置いた。

「女が男の仕事に口を出すものじゃない」

わたしは、ぽかん、として彼の顔を見つめた。信じられないような前時代的なことばだった。

「でも、わたしは気になったから。ほかのお客様でも、いやな気分になると思うわ」

「それはぼくが判断する。きみは、そんなことを気にしなくてもいい」

「でも、あなた気づいていなかったんでしょう」

彼が立ち上がった。椅子が音をたてる。

「そんなことは、気にしなくていいと言っているんだ。だいたいなんだ。夫の店を黙ってのぞきにいくなんて、偵察しているつもりか」

「わたしはそんなつもりは……」

「マネージャーや、店のやつらに気づかれたら、ぼくが大恥をかくところだ」

わたしは下を向いた。唇が震えた。

彼は深いため息をついて、椅子に腰を下ろした。

「いいな。これから店にはくるんじゃない」

泣きそうになるのをこらえて言う。

「わかったわ」

心の中では叫んでいた。

わたしはあなたになにも言ってはいけないの？　ただ、にこにことあなたの言うことだけを聞いていなくてはならないの？

あなたにとってわたしは、アドバイスを聞く価値もない人間なの？

下を向いたままのわたしをなだめるように、彼は言った。

「茜のことが嫌いでこんなことを言うんじゃないんだ。茜のことを愛しているから、きみに、男の仕事について口を出すようないやな女にはなってもらいたくないんだ」

口調だけは優しかったけれど、そのことばはわたしの心をいっそう寒くした。

（じゃあ、なに？　あなたの思い通りの従順な女でさえいれば、愛してもらえるわけ？）

たぶん、そうなのだろう。彼は、自分の手に収まる女だと思ったから、わたしを愛したのだろう。

でも、それなら、わたしでなくてもかまわない。

いつまでも下を向いているわたしに、業《ごう》を煮やしたのか、彼はやや強い口調で言った。

「さあ、早く食べなさい」

わたしは黙って茶碗を手に取った。

夕食後、彼が風呂に入っているとき、わたしは和樹に電話をかけた。

彼とはアメリカ村の公園で待ち合わせをした。若い子が集まる場所に行くのは、なんとなく抵抗があるが仕方がない。

ビルの谷間に、申し訳程度にある公園に行くと、和樹はもうきていた。

「やっほー。茜さん！」

ガードレールに腰掛けて、わたしに向かって手を振る。ぴょん、と身軽に飛び降りて、駆けてくる。その笑顔を見るだけで、わたしの心は弾《はず》む。

「茜さん。弁当作ってきてくれた？」

「はい。夜に食べなさい」

わたしは紙袋を彼に渡す。野菜や牛肉の煮物など、常備菜を味付けを濃くして作ってきた。

「わ、結構たくさんあるやん」

「日持ちするものばかりだから、明日も大丈夫よ」

「でも、こんなん持って帰ったら、絶対先輩にも取られるわ」

それでもうれしそうに紙袋をリュックにしまう。

「どうもありがとう」

「どういたしまして」

昼食もおごるつもりで、昼に待ち合わせをしていた。わたしはあたりをみまわした。

「昼ごはん、どこで食べよっか」

「おれ、ハンバーガーとかしか食わへんから、あんましわからないけど」

そういえば、近くのホテルの中に、美味しいカレー屋があったのを思い出す。

「カレー好き？」

「大好きや」

「じゃ、食べに行こう」

にこにことついてきた和樹だが、ホテルに入るととたんに、そわそわしはじめた。

「茜さん、こんなとこ大丈夫か？」

「大丈夫って？」

「めっちゃ高そうや」

「大丈夫だって。気にしちゃ駄目」

いくらホテルの中でも所詮《しょせん》はカレーだ。そんなに高くはない。

ウエイターに案内してもらって、席につく。

メニューを見た和樹はひえー、と奇声を発した。

「カレーやのに、二千円もする」

「おれがよく行くカレー屋なんか、五百円や。それでもうまいで」

「そのぶん、美味しいのよ」

「じゃ、こんどはそこ行こうか」

「それやったら、おれがおごるわ」

運ばれてきた、牛肉がたくさん入ったカレーを、和樹はぺろりと平らげた。わたしも、ひさしぶりに、本当に食事を美味しいと思って食べた。美代たちと一緒にいるときは、いくら高い店に行っても、心から食事を楽しめなかった。夫と一緒のときも、なにかいつもびくびくしているような気がする。

和樹と一緒なら、そんな気分にならなくてもよかった。

一瞬心の中に罪の意識が走る。

(これって、ロリコンの男と同じ言いぐさじゃない)

和樹に恋愛感情を抱いているわけではもちろんない。けれども、小さな女の子なら、自分を莫迦にしないからつきあえる、そういう理屈と根本は一緒だった。

「どうしたんや、茜さん」

気づくと和樹が、顔をのぞき込んでいる。

「ん、ちょっと辛《から》いから」

「なんや。茜さんのほうが子どもや。おれ、このくらいなんでもないで」

わたしはいやな気持ちを振り払って微笑《ほほえ》んだ。

店を出るとき、和樹はレジで、自分も払う、とごねた。だが、彼に払わせるわけにはいかない。

「じゃあ、払ったつもりでそのぶん貯金しなさい」

そう言うと、口を尖らせる。

「げ、やっぱり、おかんみてえ」

本当は食事だけで帰るつもりだった。だが、わたしは素敵なことを思いついた。

「ね。スーツって持ってる？」

「持ってるわけないやん」

「じゃ、買ったげる。わたしに選ばせて」

彼は丸い目をいっそう丸くして、口をへの字に尖らせた。

「いらん。いやや、そんなん」

「遠慮しなくていいのよ」

「遠慮なんかしてへん。いやなだけや」

「どうしても？」

「どうしても」

残念だ。彼に真新しいスーツをプレゼントして、それを着せて連れ歩くというのは、とても素敵な考えに思えたのに。けれど、彼が拒むのももっともかもしれない。彼は着せ替え人形ではないのだ。それに気づくと、わたしはひどく恥ずかしくなる。

彼は、わたしの顔をのぞき込んだ。

「茜さん、へこんでる?」

「ん、ちょっとね」

「おれがいらんって言ったからか」

「そういうわけじゃないんだけど……」

彼は首を傾げて、少し考え込んだ。表情がくるくると変わって、見ていて全然飽きない。

「おれにスーツ買って、茜さんはなんかええことあるんか?」

「着せて連れ歩きたい」

「なんやそれ」

「スーツがあったら、コンサートとかレストランとかでもエスコートしてもらえるじゃない。わたし楽しいわ。でも、そういうのって、和樹を着せ替え人形みたいにすることよね。やめとくわ」

歩き出すと、小走りに後をついてくる。

「茜さんが、それで楽しいんやったらええよ」

「ほんと？」

わたしは勢いよく振り向いた。

彼は渋々のように頷く。わたしは彼の腕を取った。

「じゃ、行こう行こう！」

近くの大きなファッションビルに入る。男の子の服など選んだことはないけれど、ここなら、センスのいいショップが並んでいるはずだ。

有閑《ゆうかん》マダムと若い燕《つばめ》のように、やたら高級なものを彼に着せるつもりはなかった。素のままの彼に似合う服を、選んであげたい。同い年の女の子とデートするときにも着ていけるようなものを。

フロアの隅にある小さな店で、軽い生地で仕立てられた細身のスーツを見つけた。生地のせいで黒でもフォーマルに傾かない、洒落た、でもシンプルなスーツだった。

華奢な彼に、それはとてもよく似合った。臙脂《えんじ》のプリントシャツと一緒にわたしはそれを買った。

「本当にええんか？」

レジでカードを出しているわたしに、彼はおそるおそる聞いた。

「いいって言っているでしょ」

わたしのタンスにしまわれて、滅多に着られない洋服たちよりも、これは価値のある出費だ。この服は、この先彼にとって、いろんな場面で活躍することになるだろう。

その下のアクセサリーのフロアで、彼はわたしに細いシルバーのチョーカーをプレゼントしたがった。最初は辞退したが、彼はどうしてもと言って聞かない。わたしはそのためしにつけてみたチョーカーは、ひどく軽く、わたしの首に馴染んだ。

プレゼントを受け取ることにした。

彼ははしゃいでそれをレジに持っていく。

人からものを貰うというのは、こんなにうれしいことだったろうか。


わたしはまた、あの接骨院を訪れた。あんなことを言ってしまった後で、ずうずうしくもこれたものだ、と自分でも思う。けれどもなんとなく、あの先生は許してくれるような気がした。

先生はわたしの顔を見ても、なにも言わなかった。Tシャツに着替えて、ベッドに横になる。

「調子はどうですか？」

大きな手で脈を取られる。

「同じです。相変わらず眠れません」

彼はわたしの背中にまたがると、頭から順番に押さえてくる。彼の指は、的確にわたしの辛《つら》い部分を捉え、そこを揉みほぐす。

「前にも言ったと思いますが、もう少し自分のことをいたわらないと」

どうして先生はこんなことを言うのだろう。だれも、自分をいたわれ、などとわたしに言った人はいなかった。自己愛なんていやなことばだ。

「先生は勘違いしています。わたしは自分を甘やかしすぎているんです。もっと自分を律しないと」

「甘やかすのと、いたわるのは違います。あなたは自分の大事な人を、甘やかしはしないでしょう。でも、いたわってあげるでしょう」

このときわたしの頭に浮かんだのは、夫ではなく和樹の顔だった。先生の言うことは理屈では理解できた。だけど、イメージはまったく浮かばなかった。わたしは和樹をどうやっていたわってあげるのだろう。彼の、たまに見せる少し不安げな眸を、どうやったら癒《いや》せるのだろう。

皮膚を通して、気持ちは先生に流れ込んでいくみたいだ。先生はぽつん、と言った。

「まあ、方法は少しずつ覚えていけばいい。急ぐことはありません」

ふいにわたしは泣きたくなる。背中を押す手があまりに大きく、感じられて。

「先生。わたし、自分のことが大嫌いです」

彼の手が止まった。すぐに動き出す。肩胛骨《けんこうこつ》のあたりを大きく押し揉みする。

「どうして、そう感じるのですか」

「わたしはつまらない人間です」

「なぜ」

「自意識だけ過剰で、物欲が強くて、人に流されてばかりで。わたしなんか……」

枕が涙で濡《ぬ》れた。自然にことばが口からあふれてくる。

わたしは喋った。買い物のこと、夫のこと、友人のこと。先生はなにも言わずに、その話を聞いていた。

施術はいつもより長かった。

喋り疲れてくたくたになったころ、施術は終わる。

ゆっくりと起きあがったわたしに先生は言った。

「あなたは、道しるべを失って迷っているだけです。迷っている人を見て、あなたは莫迦にして笑いますか？」

わたしはぼんやり先生を見た。首を振る。

「他人を莫迦にしないなら、自分も莫迦にしてはいけない。あなたはただ迷っているだけです」

わたしはベッドの上で身動きできずにいた。視界が涙で曇っていた。

第六章　向き合う

ひたすらパソコンを叩く。頭ががんがんした。入稿寸前の編集部は殺気立っている。間に合うか間に合わないかの、瀬戸際の原稿。寸前になって判明するミス。煙草の煙が沈滞した空気の中、ぼくは何度もため息をついた。

定期的にこんなことを繰り返しているのだ、身体も悪くなるはずだ。

夜の十時を過ぎているが、まだ帰れそうにない。たぶん、今夜も徹夜だろう。明日の朝一にすべての原稿を印刷所に持ち込んで、この号の仕事は完了する。

「不景気な顔しているね」

聞き覚えのある女性の声が、後ろでした。

顔を上げると、そこには恵さんが立っていた。

「め、恵さん。どうしてここに？」

「さっき、里菜さんがきて、雄大くんは今日は徹夜やって言うから、陣中見舞いにきてみたの」

ぼくはぽかんとして、彼女を見上げた。

あのとき大喧嘩《げんか》をしてから、彼女には一度も会っていなかった。謝らなければならないと思っていたのだが、どうしても腰が重くて接骨院には行けなかった。

彼女は鞄の中から、折り詰めを出した。

「はい。これ、おにぎり作ってきたの。身体壊さないように頑張ってね」

「あ、ありがとうございます」

包みを受け取る。ふと気づくと、編集部中の視線がこちらに集まっていた。薄いニットのキャミソールとスリットの入ったタイトスカートというスタイルの彼女は、いやでも目を惹《ひ》く。

向かいの席の奴などは、立ち上がってのぞき込むように彼女の脚を見ている。

「あ、恵さん、ちょっと」

ぼくは彼女の腕をつかんで廊下に出た。

「迷惑やった？　すぐに帰るわ」

「いや、そうじゃなくて……」

ぼくは深く頭を下げた。

「このあいだはすみませんでした。言ってはいけないことを言いました」

彼女は腕を組んで、すっと視線を逸らした。

「先生にあれから言われたわ。病気であることに甘えるなって。ほんまそうやね。歩のことに気を使うのが、当然みたいに思っていたんよ。でも、よう考えたら、そんなんわたしらの甘えやもんね」

「いや、おれも鈍感やったし」

ぼくはおそるおそる尋ねた。

「歩さん、怒っていますか？」

「怒ってへんよ。むしろ、雄大くんに申し訳ないって何度も言っている。悪気があって、言ったんやないのに、あんな反応してしまってって」

少しほっとする。恵さんは、壁際の書棚にもたれた。

「歩のことに、別に気を使わんでもええの。でも、歩がなんか変な反応しても、気にせんであげてくれる？」

ぼくは頷《うなず》いた。そんなことなら、別に難しくはない。なによりも、恵さんが自分から仲直りにきてくれたことがうれしかった。

恵さんは思いだしたように、手を打った。

「雄大くん、日曜日空いている？」

「おれ？　暇ですけど」

「歩と三人で、どっか行かへん？」

「あ、ええですねえ」

「じゃ、どうしよっか。二時にソニータワーの前で待ち合わせしよ」

「わかりました」

彼女は時計を見ると、鞄を肩にかけ直した。

「じゃ、わたし帰るわ。あんまし無理したらあかんよ」

「あ、おにぎりどうもありがとうございます」

彼女は軽く手を挙げると、去っていった。

席に戻るとさっそく編集長からからかわれる。

「なんや、雄大。ホステスの集金か」

「やめてくださいよ。通っている接骨院の女の子です」

「ええなあ。あんな子に身体触られたいなあ」

「残念ながら身体触るのはおっさんですけどね」

沢口が校正の赤ペンを手に、身体ごとぼくの方を向く。

「色っぽい子やったなあ。彼女ちゃうかったら紹介してえや」

「ええよ、なんやったら今度合コンでもするか?」

まさか、ぼくがそういうとは思わなかったらしく、沢口は細く口笛を吹いた。

「おう、頼むわ。雄ちゃん太っ腹」

心の中で毒づく。

(おまえなんか恵さんに食われてしまえ)

待ち合わせには五分ほど遅れた。女の子ふたりをエスコートするのだから、と着ていく服に悩んだり、髪のセットに悩んだり、つながっている両眉毛の間を剃《そ》ったりしていたのだ。

人混みをかき分けて、待ち合わせ場所に急ぐ。歩ちゃんは人混みから少し離れて、ぽつん、と立っていた。

「ごめん。お待たせ」

駆け寄ると、なぜか助けを求めるような顔でぼくを見上げる。

「小松崎さん、お姉ちゃんが」

「え、恵さんがどうかしたの?」

「さっき携帯に電話があって、急用があってこれないって」

「え?」

その瞬間、やられた、と思った。たぶん、恵さんはぼくと歩ちゃんをふたりきりにしようと企《たくら》んだのだ。普段の態度から、歩ちゃんへの感情は見透かされているに決まっている。

「どうしよう。小松崎さん、わたしとふたりじゃいやですよね」

「いや、そんなこと全然ないよ。歩ちゃんがいやじゃないんやったら、せっかく出てきたんやから、少しぶらぶらしようよ」

そう言うと、表情がほっとしたように緩む。ふと、思った。彼女は姉に対してコンプレックスを抱いているのだろうか。

「いいですか?」

「おれは全然かまわへんよ」

むしろうれしいのだが、それを言うとかえって距離を取られてしまいそうで、黙る。

「どうしよう、どこ行こうか」

「さあ……」

歩ちゃんも不安そうにぼくの顔を見る。

恵さんがいれば、さっさと行き先を決めてくれるだろうと思って、まったく予定は立てていない。こんなことなら、イベント情報誌でもめくってくればよかった。映画を見ようにも、上映スケジュールはまったく把握していない。

いつまでも立ち止まっているのは時間の無駄なので、ぼくたちはそこらをぶらぶら歩くことにした。

少なくとも、このあたりはただ目的もなく歩いても退屈しない場所だ。

オーディオビジュアルやパソコンのショールームをのぞいて、いろいろ触ってみる。大きな雑貨店を上から順番に見ていく。ぼくが巨大なカエルのぬいぐるみを腹話術のように動かして喋ると、彼女はお腹を抱えてころころと笑った。

曇りのない笑顔だった。その表情からは彼女が心の病に苦しんでいるとはとても思えなかった。

ぼくは頭の中から、その考えを振り払う。普通の女の子のように扱えばいい。変に気を使われるのは、彼女だって息苦しいだろう。

すでに会ってから二時間が経過していた。ぼくたちはお茶を飲むことにした。

向かい合って座ると、彼女は急にくすくす笑い出した。

「小松崎さん、眉毛剃ったでしょ」

「え?」

眉毛の間を触る。眉の濃いぼくは、放っておくとここがつながってしまうのだ。今朝、気になってひげを剃るついでに剃ったのだが、やはりわざとらしかったか。

「だって、いつもより空いているんだもん」

ぼくは喫茶店のガラス窓に自分の顔を映した。眉毛を上下させてみる。その顔がおかしかったのか、彼女はまた笑った。

笑い終わると、彼女はぺこり、と頭を下げた。

「小松崎さん、ごめんなさい」

「え?」

「このあいだはごめんなさい」

ぼくは彼女に頭を上げさせた。

「いいよ、別に気にしていないから」

「変な子だって思ったでしょう?」

「思っていないよ」

「だって、このあいだのケーキのときも……」

彼女は下を向いて黙った。

「もう気にしなくていいよ。事情はわかったからさ」

彼女の手がテーブルをきつくつかんだ。

「理屈ではわかるんです。先生にも何度も言われたし。食べてもいいんだって。どんなものでも、食べたいように食べていいんだって。でも、どうしてもいやなんです。食べたくないんです。食べちゃいけないような気がするんです」

ぼくはコーヒーに砂糖を入れた。普段はブラックなのだが、なにかしていないと場がもたないような気がした。

「それで、我慢するだけ我慢すると、今度はわけわからなくなっちゃうんです。食べたくてたまらなくなって、食べ出すと今度は止まらなくなる。別に美味しいとは思わないのに、お腹がいっぱいになって、気分も悪いのに、食べてしまうんです。わたしって醜《みにく》い……」

「歩ちゃん……」

ぼくはなにを言っていいのかわからなかった。下手な慰めのことばは、いっそう彼女を追いつめてしまうような気がした。

「どうして、食べちゃいけないなんて思うんや」

彼女は首を振った。

「わかんないです。これ以上太っちゃいけないとは思うけど、それだけじゃないです。なんか、わたしなんか食べる資格がないような気がするんです。食べないでいられると、すごくほっとするんです。少しだけ自分が許されたみたいで……。食べると身体が汚《けが》れるような気がして」

わからなかった。心の糸がもつれきっていて、解きほぐすことはできなかった。痩せたい、というだけが理由だったら、きみはそのままで充分に魅力的だ、と言ってあげたかったのだが。

ぼくは、コーヒーカップをテーブルに置いた。

「ぼくは歩ちゃんのこと、すごく可愛いと思っているよ」

彼女はびくん、と身体を強ばらせた。

「こんなことを聞いてもですか？」

「うん。歩ちゃんがどうしてそう思うのかは、ぼくにはわからないけれど」

たぶん、彼女はなにかに傷ついているのだろう。力先生のことばを思い出す。

(呼吸困難に陥《おち》ったカナリヤ)

どうすれば、彼女たちがまた自由に羽ばたけるようになるのだろう。

彼女はそれっきり黙りこくってしまった。

喫茶店を出て、通りを歩き始めると、彼女はごく普通の女の子に戻った。ペットショップのうさぎに歓声を上げ、花屋の店先をのぞき込む。

その姿を見て、ぼくは緊張が解けるのを感じた。

夕食はどうしようかと思った。けれど、彼女は一緒に食べる、と言い張った。

「わたし、人が食べているところを見るのは大好きです」

ぼくたちは居酒屋に入って、いろんなものを注文した。彼女は食べようとはしなかったので、ぼくはほとんどひとりで平らげた。

彼女はそんなぼくをにこにこ笑って見ていた。ぼくの食欲に影響されたのか、少しずつ箸が動きはじめる。

最後に注文した焼きおにぎりを食べたとき、彼女ははじめて「美味しい」と言った。

そのことに、ぼくは意味もなくほっとする。

次の日、合田接骨院を訪れた。受付にいた恵さんと目が合う。

「お、おにーさん。昨日はいかがでした？」

ぼくは受付のカウンターに両手を置いて、身を乗り出した。

「恵さん、下手な小細工せんといてくださいよ、まったくもう」

「あら、お気に召さなかった？」

「そういう問題やないです」

「ゆうべ、歩のところに電話したら、ご機嫌やったから、楽しかったんちゃうんかな、と思ったんやけど」

「いや、楽しかったのは楽しかったですけど」

ふと、気づいて尋ねる。

「恵さん、歩ちゃんとは一緒に暮らしてないんですか？」

「ん、別々」

「なんでですか？」

「そりゃ、いろいろあるのよ」

うまく逃げられる。ぼくは診察券を出した。

「はよ、受付してくださいよ」

彼女はちらり、と奥に目をやった。

「今、里菜さんきているのよ。もう終わると思うけど」

げ、彼女と鉢合わせか。

ちょうどカーテンが開いて、すっきりした表情の里菜が出てきた。

「なんや、雄大もきたん？」

その言い方はなんだ。ここを教えたのはぼくではないか。

力先生が、顔を出す。ぼくを見てにやり、と笑ってから、里菜に話しかける。

「じゃ、言うたこと、頼んだわな」

「まかしとき」

彼女は胸を叩いた。

「ええと、なんやったっけ。ハイドアンドシークと」

「アルルカン」

「了解。わかりました」

じゃ、と手を挙げて、力先生は奥へ引っ込む。ぼくは里菜に聞いた。

「なんだよ、それ」

「あかん。わたしと力先生のひみつー」

知らないうちにずいぶん仲良くなったもんだ。まあ、恵さんにも手を出しているようだし、あの無愛想な態度に似合わず、意外と女には手が早いのかもしれない。

まあ、恵さんとのことは、どちらが手を出したのかは不明である。たぶん恵さんのほうだとは思うが。

「小松崎」

呼ばれたので、ぼくは奥に入る。上半身裸になって、いつものようにベッドに横になる。

「ハイドアンドシークって、洋服屋ですよね」

ぼくの頭を押さえていた、先生の手が止まった。

「なんや、知っているんか？」

「一度取材したことあります」

ぼくはそのいきさつを先生に話した。単なる雑談のつもりだったのだが、先生はひどく興味深そうにその話を聞いていた。

「先生、手が止まってますよ」

「ん、ああ、すまんすまん」

首の付け根をぐりぐりと押されて、ぼくは呻いた。

「でも、先生がブティックになんの用があるんですか」

ぼくの背中を押しながら、先生は言った。

「カナリヤをな、一羽見つけた」

第七章　逃げる

わたしは和樹に気づかなかった。

「茜さん！」

彼のほうから呼ばれて、やっと気がつく。彼はわたしがプレゼントしたスーツの、シャツとパンツだけを着ていた。いつものジーンズよりも、その服は彼を数倍大人に見せる。

わたしは、そのことに、ひどく狼狽《ろうばい》した。

「似合うじゃない」

「そうかな。なんか落ちつかへん」

足下は、いつものスニーカーではなく、ローファーだが、安物でしかもぼろぼろだ。

(靴も買ってあげなくちゃ)

食事が終わったら見に行こう。もしくは美容院に連れていってあげてもいいかもしれない。襟足もぼさぼさだ。

まるでヒギンズ教授の女性版だ。そう思うとなんとなくおかしい。昔、あの映画に憧れた。お金持ちで素敵な男性がわたしの魅力に気づいて、それを引き出してくれる。そんな夢を数え切れないほど描いた。

ふと思う。今の状況はそれに近くはないだろうか。夫はたしかに、わたしが夢見たお金持ちで素敵な男性に近かった。だから、わたしはずっと自分がしあわせだと信じていた。

ある日、いきなり気づいたのだ。自分が少しもしあわせではないことに。

現実は映画よりも、複雑怪奇なパーツでできているのだ。

「なに考えているんや」

尋ねられて、わたしはあわてて笑顔を作った。

「ううん、なんでもないのよ」

ホテルのバイキングで昼食にする。ローストビーフやサンドイッチなどを皿に山盛りにして、ぱくぱくと食べる和樹を見ながら、コーヒーを飲む。

こんなことがいつまで続くのだろう。夫にばれたら、彼はどうするのだろう。まだ十代の男の子を連れ回して、食事をごちそうしたり、プレゼントをしていることを知ったら、どんなふうに思うのだろう。

それだけではない。わたしが買い物で使った金額を知ったら、彼はどんな反応を示すだろうか。

離婚、という文字が頭に浮かぶ。心臓が強く脈打った。

両親はまた泣くだろう。母はまた寝込むかもしれない。年老いた両親にとっては大打撃だろう。田舎では、未《いま》だに「出戻り」なんてことばが使われている。

そうして、美代たちもわたしのことを嗤《わら》うだろう。うまく幸福なレールに乗れなかった莫迦《ばか》な女。

どうすれば、このほころびを修正できるのだろう。和樹にもう会わなければいいのだろうか。けれども、そう思うとわたしの心は、どうしようもないほどの寂しさに襲われる。

彼を見ていたかった。ずっと一緒にいる必要などない。ごくたまに会って、ことばを交わし、少しの時間だけ一緒にいる。それだけでいい。ただ、ずっと彼と繋《つな》がっていたかった。

フォークがかたん、と音をたてた。はっと顔を上げると、和樹は食事の手を止めて、じっとわたしの顔を睨んでいた。

「あ、ごめんなさい。ちょっと考え事しちゃった」

「これやから、おばはんっていやや」

どきっとした。最初に会ったときから二度目だった。彼がわたしをそんなふうに言うのは。だが、その口調はひどく寂しそうだった。わたしを傷つけるつもりで言ったのではないことはわかる。むしろ、傷ついた自分を庇《かば》うためのことばのように聞こえた。

「なんかわけわからん心配事をいっつも抱えているねん。そんで、その心配事が片づいても、その先を心配するねん。心配をやめることなんかあらへん。心配したくて心配しているみたいや」

わたしは苦笑する。

「なんか変や。おれと同い年くらいの女って、心配したほうがええようなことでも心配せえへんのに。身軽でへらへらしているのに。なんで、茜さんくらいになると、そんなふうになるんや？」

彼は、わたしの姿にだれかをなぞらえている。そんな気がした。それは、彼が愛していて、いつも心配事を抱えている、わたしと年の近いはずの女性。

「お母さんもそうだったの？」

彼ははっと顔を強ばらせた。きつく唇を咬む。たぶん、図星だ。

「お母さんっていくつ？」

「三十八」

若い母親だ。これでわかった。彼がなぜ、こんなにわたしに懐《なつ》いているのか。わたしの中に母親を見ていたのだろう。

「どうして一緒に暮らさないの。仲悪いの？」

彼は首を振った。

「仲はええよ。休みの日はよく家に帰るし、外で会うこともある」

拍子抜けした。彼の様子から、母親の代わりをわたしに求めているものだとばかり思っていた。仲がいいのなら、そうではない。

「お父さんとは？」

「親父さんともうまいこといっているよ。ほんまの親父やないけど、でも、可愛がってもらっている」

「じゃあ、どうして一緒に暮らさないの？」

彼は、皿の上のコーンをつつきながら答えた。

「大人になったら、男は家を出るもんやで」

「でも、あなたはまだ大人じゃないわ。子どもではないけれども、あなたと同い年の男の子たちは、まだ学校へ行っている」

彼はきっと顔を上げて、わたしを凝視した。不思議な決意が感じられる表情。

「早く大人になってもかまへんやろ。おれが好きでそうしているんや」

「それはとてもえらいと思うけど……」

彼が、「大人」と言うたびに痛々しさがつのるのはなぜだろう。

彼は緊張した身体を解きほぐすように、深く息を吐いた。

「おれは早《は》よ、大人にならなあかんねん。そのほうがおかんのためにもええねん」

「どうしてそう思うの？」

「今日の茜さん、聞きたがりや」

彼はちゃかすように言った。けれど、本当に、それだけは聞いておきたかった。なにが彼を早く大人へと追い立てようとしているのか。単なる背伸びだとはとても思えなかった。

「聞きたいの。教えて」

根負けしたのか、彼は話しはじめる。

「さっきも言うたけど、うちのおかん、再婚したんや。親父さんはええ人で、おれのことを可愛がってくれている。でも、でもな。やっぱり、おれがおらへんほうがうまくいくねん。親父さんのほうにも、ふたり子どもがおるし、おれがおったら、おかん、親父さんに気い使いよるねん。親父さんも、おれを、自分の息子らと同じように扱おうとしているけど、かえってそれでぎくしゃくすんねん。あの人ら、みんなええ人やから。いやなやつらやったら、おれもどうでもええ、と思うけど」

そういうと、軽く鼻を鳴らした。

「おれが家を出て、そんでたまに週末に帰って、飯食うたり、みんなと喋ったりするのがいちばんうまいこと行くねん。だれも気ぃ使わんでもええし、みんながみんなのことを好きでいられるし、だれも無理せんでもええねん。おれが自由に楽しくやっていたら、おかんもおれのこと心配せんでもええし。親父さんも『いつでも帰ったらええ』って言ってくれるけど、やっぱり今のままが楽や」

わたしは呆然と、彼の顔を見つめていた。半分伏せられた眸は、テーブルの上を泳いでいた。きつく咬みしめられた唇。

彼のとった行動は、とても優しくて賢い。だけど、その優しさはひどく痛ましかった。胸が痛む。どうしてこんな少年が、母や家族の気持ちを先回りして考えて、だれもが痛みを感じないように行動しなくてはならないのだろう。もっと、自由奔放に、自分のやりたいことだけを選んでいっていいはずなのに。

けれど、そう言うと、彼は反論するだろう。自分は自分のやりたいようにやっている、と。わたしは気づく。だれもが、自分のやりたいことを選べるわけではないのだ。選んでいるように見えて、実は選ばされているのだ。彼の場合は、優しすぎる心によって。

(じゃあ、わたしの場合はなに?)

自問自答する。過剰な自意識や、被害妄想だろうか。どちらにせよ、彼と比べて自分が恥ずかしかった。

わたしは彼の手を握った。

「えらいわ」

そう言うと、少し照れくさそうに笑う。

わたしは彼になにをしてあげられるのだろうか。


郵便受けをのぞいて、わたしは息を呑んだ。カードの請求書が届いている。いくつかの、郵便物と一緒に、わたしはそれを持って上がった。

もう長いこと、請求書に目を通したことなどなかった。夫も面倒くさいのか、見ずにシュレッダーにかけていたし、わたしも見るのが恐ろしく、封を開けることさえしなかった。

でも、と思う。頭の中にいろんな人のことばがこだました。

先生は自分をいたわってあげなさい、と言った。甘やかすのではなくて、いたわるのだ、と。

和樹は、そんなことをすると自分のことが嫌いになる、と言った。わたしは自分のことを好きになるためになにをしなくてはならないのだろう。

たしかなのは、現実から目を逸らしてはならないということ。逃げているうちは、わたしは一生自分のことは愛せない。

引き出しからペーパーナイフを取り出して、わたしは請求書の封を切った。

心臓が激しく打つ。怖い。けれど、わたしは考えることをやめる。心を岩のように固くすれば、どんなことにも耐えられるはずだ。

封筒から請求書を引っぱり出す。最初に、請求金額に目がいった。

百二十万円。

くらくらと眩暈《めまい》がした。だが、今月はそれくらい使っていてもおかしくない。美代の店で値段も聞かずに、買い物をした。それに先月の終わりから結構な買い物をしている。店の締め日がずれると、今月にもつれ込むことがたくさんあるのだ。

わたしは、財布からカードを引っぱり出した。鋏《はさみ》でふたつに切る。プラスティックのカードは堅い手応えを残して、ぱちん、と切れた。

これで、わたしはもう買い物ができない。現金なら、わざと持ち歩かなければいいし、それほど理性を失うことはないはずだ。

落ち着け、落ち着くのだ。わたしは深く呼吸をした。少なくとも、以前のときと違って、これ以上の泥沼に踏み込むことはもうない。

頭の中で、計算する。結婚前に貯めたお金は、結婚準備にほとんど使ってしまったが、それでも五十万ほど残っている。夫に事情を話して、詫びて返そう。足りないお金は、パートに出よう。家事に支障が出ない程度に働いても、月数万は稼げるのではないか。

気持ちが少しずつ静まってくる。大丈夫。できる。まだ、わたしは破滅するところまで行っていない。今なら後戻りできる。

先月までの買い物は、少ないとはいえないものの常識の範囲だったはずだ。たぶん、全部合わせても二十万程度なのではないか。

だったら、自分の力で解決できる。夫が許してくれなくてもしょうがない。それはわたしの罪だ。離婚されても仕方がない。

そうなったら、素直に別れて、働いてお金を彼に返そう。美代たちとはもう会わなければいい。和樹は、たまのデートがホテルのカレー屋ではなく、街の安いカレー屋になったって、なにも不満は言わないはずだ。

肩の重みがすうっと取れていくのを感じた。目の前が、明るくなる。

そう、迷路は抜け出せた。

力先生は、わたしの顔を見ると少し口元をほころばせた。彼が笑ったのを見るのははじめてだった。

「少しよくなったみたいですね」

わたしは頷いた。

Tシャツに着替えて、ベッドに横になる。

「わたし、先生がおっしゃっていたことがやっとわかりました」

「それはよかった。わかってみると簡単なことでしょう」

頷く。そう、本当に簡単なことだったのだ。問題を逃げずに見ること、本当になにが大事なのか気づくこと、そうして、自分の気持ちから目を逸らさないこと。

「先生のおかげです」

「わたしじゃない。あなたが自分で気づいたんです。もともと、あなたの身体は治ろうとしていたのです。あなたが、自分でそれを無視していただけだ」

その通りだった。見せかけの幸福に目がくらんで、心が悲鳴を上げていたことに気づかなかった。

「まるで、眠っていたみたい」

「うまいことを言いますね。目覚めさえすれば、眠っていた場所からはいつでも動ける」

施術は、いつもより軽快に進んでいく。

「それに、教えてくれる人がいました。わたしが迷わないように、道しるべを」

「たぶん、それがいちばん大きかったのではないですか？」

「ええ、先生とその人のおかげです」

かくっと骨が動いて、わたしの身体はまっすぐになる。その心地よさ。心にも背骨のようなものがあるのだ、とわたしははじめて知った。まっすぐな形というものは存在するのだ。

「さ、終わりました」

「どうもありがとうございます」

軽くなった身体で起きあがる。先生は椅子に座ってメモを取った。

「だいぶ、楽になったとは思いますが、あと、数回通ってもらえますか？　頭痛や不眠がなくても、来週に一度きてください」

「わかりました」

立ち上がって、先生の顔を見た。

「先生」

「ん？」

「先生は、どうして、そんなことがわかるんですか？」

わたしの心や身体の悲鳴。そうして、その歪みを治す方法。

「わかりますよ」

先生はそう言って、わたしに背中を向けた。

「わたしも、昔、心に悲鳴を上げさせていましたから」


帰ってきた夫はどこか不機嫌だった。夕食の席でもほとんど喋らず、ただ、黙々と箸を動かしているだけだった。

会社でなにかあったのだろうか。そう思いながら、わたしは夫の顔を盗み見る。以前なら、こんなことがあれば、びくびくと彼の顔色をうかがっていた。彼が不機嫌になることがなによりも恐ろしかった。

それは、わたしが彼を愛しているせいだと思っていた。

洗い物を済ませ、お風呂を洗おうと、リビングを通ったときだった。

「茜、ちょっとこっちへきなさい」

ソファで足を組んだまま、彼はわたしを呼び止めた。一瞬、心臓がきゅっと縮こまる。買い物のことがばれたのだろうか。だが、どうせ話さなくてはならないことだ。わたしは覚悟を決める。

「なあに」

「そこへ座りなさい」

ふと、おかしくなる。大昔のホームドラマで、夫が妻に言うような台詞《せりふ》。そんなことで気づく。彼が欲しがっているのは、そんなふうに形だけ整えられた家庭だった。

わたしは彼の向かいに腰を下ろす。

「今日、昼間、村越《むらこし》に会った」

「あら」

村越さんは、彼の昔からの友人で、うちにもよく遊びに来ている。彼がどうかしたのだろうか。

「二、三日前に、街で茜を見かけたそうだ。そのとき、おまえは若い男と一緒にホテルに入っていったと言っていた」

わたしはぽかん、と口を開けて、彼を見た。思わず噴き出しそうになる。それだけ聞いたら恐ろしい不貞のようだ。実際は和樹とホテルのバイキングで食事をしただけだ。

「ホストみたいなにやけた若い男だったらしいな」

暴走する話に、わたしは困惑しながら口を挟む。だが、彼は黙らない。

「一応、茜の弟だ、とぼくはごまかしておいた。だが、おまえには弟はいない。いったいどういうことだ。あいつが人違いをしたのか」

わたしはきちんと座り直す。

「人違いじゃないわ」

彼の眉がぴくり、と動いた。

「でも、そんないやらしいことじゃないの。一緒に食事をしただけだし、それに相手は若い男というより、まだ子どもだわ。弟みたいなものなのよ」

「そいつとはいつからつきあっている」

「だから、つきあうとかつきあわない、とかじゃないのよ」

彼は声を荒らげた。

「ぼくの質問に答えろ!」

わたしは唇を咬んだ。

「つい最近よ。一カ月も経っていないわ」

「どうやって、知り合った。ナンパでもされたか」

彼の、あまりに卑俗な発想にわたしは凍り付く。

「彼が、万引きをしようとしていたのを止めたの。それで仲良くなって……」

「要するにチンピラか」

「そんな言い方しないでよ」

理由も聞かずに、彼はわたしと和樹を貶《おとし》める。怒りと悲しみが同時にこみあげた。

「まだ、子どもなのよ。子どもなのに、ひとりで頑張っているの。けなげな子なのよ」

「いくつなんだ」

「十八」

「は、充分もう男だ」

彼は横を向いて吐き捨てるように言った。

「若い燕《つばめ》でも囲ったつもりか。自分の半分ほどの歳の男を連れ歩くなんて」

「変なこと言わないでよ！」

「何回寝た」

「え？」

彼の信じられない質問に、わたしはことばを失った。

「何回寝たか、と聞いているんだ」

「やめてよ。そんなんじゃないわよ」

「若い男はよかったか？　楽しませてもらったか」

「やめて！」

唇が震えた。彼はことばでわたしと和樹を陵辱《りょうじょく》する。和樹と過ごした時間が、彼のことばで汚されていく。

わたしは子どものように手の甲で涙を拭った。

「もう、会うんじゃない」

喉が鳴る。わたしは啜り上げた。

「いいか。もう会うんじゃないぞ」

「悪いことなんかなんにもしていないわ」

「そういう問題か。おまえはぼくの顔に泥を塗ったんだ」

「そんなことしていない。あなたが被害妄想にとらわれているだけじゃない」

頬に痛みが走った。ぶたれたのだ。わたしは信じられない思いで、彼を見上げた。

「おまえはぼくに養われているんだ。ぼくの言うことだけ聞いていればいいんだ！」

呆然として、彼を見上げる。やっと気づいた。この人にとって、妻という存在は人間ですらないのだ。考えることも、行動することも許されていないのだ。

彼がよく、わたしを守る、と言ったのも当然だった。人間ではないものは、守ってあげなくてはならないのだ。それは、ひとりでは生きていくことができないのだから。

わたしは立ち上がった。自分の部屋に消える。

鞄に財布と最小限の着替えだけ詰めて、わたしはマンションを飛び出した。

なにもかも笑い出したいほど、くだらなかった。

わたしはなにを守ろうとしていたのだろうか。限りなく繰り返される、あの退屈な日々の中で。

あんなに欲しくてたまらなかったタンスの中の服やバッグにはまったく未練はなかった。靴だって、今歩けるものさえあればいらない、そう思った。

お義母さんが買ってきた、駄菓子色のテーブルクロスや、存在自体が無意味なドアノブカバー。手作りの莫迦面《ばかづら》さらしたぬいぐるみなどに囲まれた生活なんて、もういらない。

わたしは夜の街を一人で歩く。

身体も心もひどく薄っぺらだった。なんて莫迦な女なんだろう。あんなものをしあわせだと思っていたなんて。

後ろを歩くカップルの間の抜けた会話が聞こえてくる。くだらない。なにも大切なことなんてない。

死んでしまおうか、とふと思う。今さら、なにもかもやり直すなんて、ひどく面倒だ。

(先生。わたしやっぱり駄目みたい)

記憶の中の力先生が、ひどく悲しい顔をする。

(そんな顔しないで)

先生が教えてくれたものは、とても素敵だった。けれどもわたしにはとうてい届きそうもない。

一瞬だけ、手が届いたような気がしたのだけれども。

和樹。

わたしは彼のことを考える。所詮彼も、気まぐれでわたしと一緒にいるにすぎない。彼のようなきらきらした男の子には、ふさわしい女の子が必ずいる。わたしと彼は一瞬すれ違っただけだ。彼はあっと言う間に走り去ってしまうだろう。

でも、あなたにごちそうしてあげられてよかった。あなたに、服を買ってあげられてよかった。ほんのわずかなことだけど、あなたになにかをしてあげられて、うれしかった。わたしがこの先電話をしなければ終わりだ。彼との糸なんて、簡単に千切《ちぎ》れてしまう。あなたは一瞬寂しいと思うだろう。とても優しい男の子だから。けれども、それも一瞬だ。あなたには未来がいくらでもある。

わたしとは違う。

寂しさで胸が張り裂けそうだった。もう一度だけ、彼の声が聞きたい。

わたしは電話ボックスに入った。記憶を頼りに彼の携帯の番号を押す。たぶん、間違っているだろう。間違って、別のところに繋がれば、それであきらめられる。そんな気がした。

呼び出し音。

「はい」

聞き間違えるはずなどない。和樹の声だ。

「和樹？」

「茜さん？」

彼は一度でわたしの声を聞き当てた。

「どうしたん？　茜さん。もう十一時やで」

「和樹。わたしね。家を出ちゃった」

「え?」

「彼と喧嘩したの。痴話喧嘩なんかじゃないわよ。もう決定的に駄目。たぶん、もう別れるしかないと思うわ」

「茜さん、今、どこにいるん?」

「わたし、実家に帰ると思う。だから、もう和樹には会えないわ」

「茜さん、今どこや!」

「ごめんね。今までどうもありがとう」

「茜さん!」

わたしはぼんやりと、目の前のネオンを眺めた。それは涙で曇っている。

「心斎橋。パチンコ屋の前の電話ボックス。でも、今からきても駄目よ。わたし、これからどっかに行っちゃうもの」

和樹は叫んだ。

「あかん。茜さん、あかん。どっか行ったらあかん。そこにおらなあかん!」

その声は悲鳴のようだった。刃物みたいにわたしの胸を切り裂く。

「電話切ったらあかん! ずっとそこにおるんや」

ばたばたという音が聞こえてくる。彼はでかけようとしているのか。わたしは目を閉じた。ゆっくりと電話を切る。

「茜さ……」

わたしは電話ボックスの中にしゃがみ込んだ。嗚咽《おえつ》がのどの奥からもれた。

本当は、彼にもっとたくさんのものをあげたかったのだ。食事や洋服なんかじゃない。もっときれいなものを。でも、わたしはそんなものを持っていない。

行かなきゃ、と思う。行かなければ和樹がここにきてしまう。彼にこれ以上の重荷を背負わせるわけにはいかない。

わたしはよろよろと立ち上がった。電話ボックスから出る。これからどこに行こう。目的などなんにもなかった。たぶん、歩いていれば朝はくる。それともどこかにゴールがあるかもしれない。

ふらふらと歩き始める。コンクリートの歩道が足に痛い。どうして、こんな街を歩くことを、楽しいと思っていたのか不思議だった。

下卑《げび》た声をかける酔っぱらい。客引きをする、若いホストたち。この街にはきれいなものなんかなにもない。

集団で地べたに座り込む若者たち。犬と眠るホームレス。

疲れた。どうしようもない疲労感がわたしを襲う。永久に眠り続けたい。そう思った。

わたしはその場にしゃがみ込む。顔を上げると見覚えのある店がそこにあった。

ハイドアンドシーク。ガラスの壁の向こうに飾られた服も、今では少しも素敵に見えなかった。

わたしは目を閉じた。

どのくらいの時間が経っただろう。痛いほどの力で腕をつかまれた。

「いた……」

ぼんやりと顔を上げる。和樹が立っていた。

「茜さん。見つけた」

彼の顔がひどく歪んで見えた。わたしははじめて気がつく。こんな顔をさせたのはわたしだ。

思わずつぶやいた。

「ごめんね」

彼はわたしの首にしがみついてきた。少年は汗の匂いがした。

和樹はわたしを引きずるようにして、近くのシティホテルにチェックインした。部屋に入ると、わたしはベッドに倒れるように横になった。

話す気力もなかった。枕に顔を埋《うず》めて目を閉じていると、少しずつ疲労が溶けてくる。

和樹はもうひとつのベッドの上で、黙って膝を抱えていた。

気力が戻ってくると、わたしは状況のとんでもなさにはじめて気がついた。

こんなところを夫や知人に見られたら、それこそ言い訳できないではないか。

わたしは起きあがると彼に言った。

「和樹。もう帰りなさい」

「いやや」

「わたしはもう大丈夫だから」

「うそつけ」

そう言われて、わたしは黙った。たしかにそれは虚勢だった。だが、だからといってこのままいるわけにはいかない。

「お願い。帰って」

彼はぐりぐりと膝に頭をこすりつけた。

「今、ここで帰ったら、茜さん、どっかに行ってしまう」

「行かないわ」

「嘘や」

わたしはふうっと息を吐く。ひどく部屋が狭く感じられて息苦しかった。和樹は額を膝に付けたまま、ぽつん、と言った。

「おれ、茜さんのことが好きや」

信じられないことばだった。わたしは呆然と彼の横顔を見た。とたんに悲しみがこみあげる。

「わたしのことなんか好きにならないで。くだらない女なのよ!」

「なんで、そんなことを言うんや」

わたしは首を振った。わたしの存在は彼を少しずつ汚していた。彼はわたしなどを好きになってはいけないのだ。

わたしは物欲で汚れた自分と同じ場所に、彼を無理矢理引きずり落としてしまったのだ。服や靴を買い与え、高いレストランで餌付けして。

いくら美しいからと言って、野生動物には近づいてはいけなかったのだ。人の手から餌を貰うことを覚えれば、美しい野性はその瞬間に汚れてしまうだろう。

彼は決意を込めていった。

「おれ、茜さんのことが好きや。だから、今日は絶対帰らへん」

わたしはベッドの上で身体を強ばらせた。はじめて彼の意志に気がつく。わたしは叫んだ。

「なに言っているの。そんなの駄目に決まっているじゃない」

「なんでや。茜さんはおれが嫌いなんか」

「嫌いじゃないわ。でも、駄目」

「なんでや」

「常識で考えてごらんなさい。まったく歳が違うのよ」

「歳なんか関係ない」

彼が顔を上げて、わたしを見る。その顔が男に見えて、わたしは少し後ずさる。

彼との関係は有閑マダムと若い燕や、人妻とホストとは違う。彼とは寝てなんかいない。それがわたしの誇りだった。今、ここで彼と寝れば、それはずたずたになってしまう。わたしと和樹のことを侮蔑した夫のことばが事実になってしまう。

わたしは叫んだ。

「お願いだから、帰って！」

和樹の顔が歪む。唇が震えた。

「おまえなんか、嫌いや！」

投げつけられたことばにわたしは呆然とする。

「おかんと一緒や。おれの前で悲しい顔ばかりするくせに、おれがなんとかしたい、と思っても、おれの助けなんか必要ないって言うんや。子どもやと思って、おれなんかなんもでけへん、と思って……」

「和樹……」

「おれがなんにもでけへんのやったら、悲しい顔なんかすんな！」

彼の顔が涙でくしゃくしゃになる。彼は鼻声で叫び続けた。

「なんでやねん。おれ、いつまで経っても大人にはなられへんのか？　だれのことも助けてあげられへんのか？」

わたしは信じられない気持ちで彼のことを見つめていた。

彼は傷ついていた。わたしがしあわせでないことに。

じゃあ、わたしが笑えば、彼も笑うのだろうか。わたしがしあわせになれば、彼もしあわせになるのだろうか。

はじめて気がつく。彼がわたしの中に見ていたのは、今再婚してしあわせになった母親じゃない。昔、たったひとりで彼を育てて、重荷を抱えていた母、彼女を自分の手でしあわせにできなかったという罪悪感で、彼は苦しんでいたのだ。

わたしは彼のベッドに移動した。彼の乱れた髪に触れる。乾いたさらさらの髪の感触。まるで長毛の愛玩犬を撫でているみたいだ。

「ありがとう。わたし、和樹と一緒にいるとき、とても楽しかったわ」

だから、泣かないで。

彼はわたしの首にしがみついてきた。

「どうして、過去形になんかするんや」

「違うの、違うのよ」

わたしは笑うだろう。わたしが笑うことで、彼がしあわせになれるというのなら。もう、絶対自分のことを粗末にしたりしないだろう。わたしが傷つくことで、彼も傷つくのなら。

身体を触れ合わせていることで、気持ちは伝わったのか、彼はそれ以上泣かなかった。

わたしの首に埋めていた顔を上げる。黒くて大きな目が、わたしのすぐそばにあった。

「おれ、茜さんがなにを怖がっているのかわからへん」

わたしは考えた。今、この少年と愛し合えば、わたしは世界中から侮蔑されるだろう。夫もわたしのことを鼻で嗤うだろう。わたしたちの関係は、卑俗なものに分類されるだろう。

目を閉じた。それでもわたしは後悔しないだろうか。たとえ、わたしと彼の関係が、世間で嗤われるようなものになったとしても、胸を張って立っていられるだろうか。

そう、たぶん、できる。

わたしは自分から、彼の唇に触れた。

和樹は一瞬、少女のように身体を強ばらせたが、次の瞬間、わたしの胸にしがみついてきた。

禁忌は、ひどく甘かった。

第八章　追う

　パソコンを打ちながらため息をつく。原稿はまったく進んではいなかった。『スクープ！』の一回目。差し迫っている、というわけではないのだが、これから片づけていかないと、あとが辛い。

　煙草の箱を握りつぶして、次の箱を開ける。今日はもう何本目だろう。うまいというよりもう惰性みたいなもんだ。

　農閑期なので、ほとんどの社員はもう帰ってしまっている。ぼくもそろそろ帰るつもりだった。

「また、明日だな」

　だれに言うでもなくつぶやいて、ぼくはパソコンの蓋《ふた》を閉めた。

　携帯が鳴った。取り上げて通話ボタンを押す。

「はい、小松崎です」

「もしもし、あの、ハイドアンドシークの浦里と申しますが」

ぼくは携帯をきちんと持ち直した。

「あ、はい。その節はお世話になりました」

「あの、覚えていらっしゃるかどうかわかりませんが、以前お話ししたお客様なんですけど……」

思わず立ち上がる。忘れるはずなどない。

「昨日お店にいらして、ちょっとお話ししたら、仮名でいいのならば、とおっしゃっていましたよ」

ありがたい。渡りに船だ。

「本当ですか！　どうもありがとうございます」

「じゃあ、住所と電話番号を言いますね」

彼女が言う番号をメモする。

「それと、お名前は墨田茜さんです」

ぼくの手が止まった。なぜか記憶に引っかかる名前だった。しばらく考え込む。

「あの、もうほかにはよろしいですよね」

言われて、はっと我に返った。

「ええ、どうもありがとうございました。おかげで、助かりました」

電話を切ってから、改めてその名前を見ながら考え込むが思い出せない。ありふれた名前ではないから、勘違いというわけではないと思うのだが。

とりあえず、アポを取るために受話器を取り上げた。

何度か呼び出し音のあと、男性の声がした。

「はい、墨田ですが」

彼女の夫だろうか。なんとなく話しにくい。ぼくは咳払いをして、できるだけ行儀のいい声を出した。

「あの、『週刊関西オリジナル』の小松崎というものですが、奥様はいらっしゃいますか?」

案《あん》の定《じょう》、電話の向こうの声は、不審そうに聞き返してくる。

「どういったご用件でしょうか」

「ハイドアンドシークの浦里店長にご紹介いただいたのですが、奥様に主婦の方のファッションについて、匿名取材をさせていただきたいと思いまして」

「ああ」

声から、不審そうな響きが消える。話を聞いていたのだろうか。

「申し訳ないんですが、妻は今ちょっと外出していまして、明日にでもお電話いただけますか？」

　こんな時間に主婦が外出とは珍しい。もう十時を過ぎている。

「お恥ずかしい話ですが、少し夫婦喧嘩をしてしまいましてね。ぷい、と出ていってしまったんですよ。たぶん、近所の友達のところにでも行っていると思うのですが」

　苦笑する。そういうことなら仕方ない。

「わかりました。また明日にでも電話します」

　受話器を置いて、鞄を手に立ち上がる。まあ、これで執筆の糸口はつかめるかもしれない。

　正面玄関はもう閉まっているので、通用口から外に出る。

　なんとなく落ち着かない夜の街を、ぶらぶらと地下鉄の駅に向かって歩いた。

「おう、小松崎」

　呼び止められると同時に、ぎいっと音をたてて、横に自転車が止まった。

「力先生！」

　白衣を着ていないので、気づかなかった。安っぽいぺらぺらのTシャツに短パンという海辺でも歩くような格好である。またがっている自転車も、中学生が近所を乗り回すようなものだ。はっきり言って、白衣を着ているときの妙な威厳などまったくない。

「背中を丸めて歩くな。背骨が曲がるぞ」

「はあ」

その格好、この近所でなにか事件があったら、絶対職務質問されると思うぞ。

「今、帰りですか？」

「そうや。今日も一日疲れたわ」

首をぐるぐる回す。自分で自分は調整できないものだろうか。

「あ、思い出した！」

ぼくは手を打った。墨田茜。彼女はたしか接骨院にきていたのだ。問診票をのぞき見て、ぼくと同じような名前だ、と思ったのだ。

「なんやなんや」

「先生とこに、墨田茜という女性がきていましたよね」

「おう、それがどうした」

「おれ、今度、彼女に取材するんですよ」

ぼくは事情を説明した。先生は、ハンドルに肘を乗せ、片足だけ地面につけて聞いていた。

話し終わると彼は大きく頷いた。

ハンドルを叩くと、車輪がぎしっと軋《きし》む。大丈夫か、その自転車。

「よっしゃ！」

「今から、墨田さんところへ行こう。後ろ乗れ」

「今から？　なに言っているんですか。こんな時間に失礼ですよ。しかも、今自宅にいなかったら旦那さんが……」

いって旦那さんが……」

「かめへんかめへん。おまえかって、早よ、取材できたほうがうれしいやろ。もう帰ってるかもしれへんし」

「いや、そらそうですけど」

「じゃあ乗れ」

なんかわけのわからない迫力に押されて、ぼくは自転車の後ろにまたがった。ふたり分の体重に自転車が悲鳴を上げる。

「たしか、彼女のマンションは緑橋《みどりばし》やったな。詳しい住所わかるか？」

「はあ、わかりますけど」

「じゃあ、行くで」

先生は自転車をこぎ出した。

尻にがたがた振動が響く。夜の人気《ひとけ》のないオフィス街を、先生はひたすら自転車をこぐ。

「先生！」

「なんや！」

ぎこぎこ鳴るペダル音に負けないように叫ぶ。

「もしかすると、地下鉄で行ったほうが早いんちゃいますか」

「アホか。大阪なんか狭い街や。チャリで充分じゃ！」

あまり、そうとは思えないのだが。

歩道の段差をがたん、と乗り越える。ぼくは振り落とされないように、先生の薄い背中にしがみつく。

「チャリはええぞ。車みたいに、停めるところ探す必要はないし、渋滞していてもすいすい通れる。たまに盗まれて、精神鍛錬にもなるぞ」

こんなボロ自転車を盗むやつなどいるのだろうか。まあ、自転車泥棒というのは「ちょっと借りる」感覚のものが多いから、こういうボロだと、罪悪感を覚えずに済むのかもしれない。

しかし、振動にさえ慣れれば、夜の街をなににも邪魔されずに走るのは気持ちがよかった。ひんやりとした夜風が頬をなぶっていく。

　ぼくは黙って、ひたすら自転車をこぎ続ける男の背中を見つめた。

　変人だ、変人だ、と思っていたが、やはり想像以上の変人だった。こんな夜に、ぼくにつきあって墨田茜の家まで行こうとするなんて、いったいどういうつもりなのだ。

「なあ。小松崎」

「へ？」

　急に話しかけられて、ぼくは間抜けな返事をした。

「歩とデートしたんやって？」

「恵さんに謀《はか》られただけです」

「いやなんか？」

「ま、そら、別にいややないですけど……」

　歩ちゃんのことは、とても可愛いと思う。だが、ぼくは彼女をどう扱ってあげればいいのかわからなかった。彼女の痛みを感じると、心が息苦しくなった。正直な話、逃げてしまったほうが楽なのかもしれない、そう思うことすらある。

「世の中には、あいつらみたいに面倒な心の傷を抱えていない女がたくさんおるからな」

見透かされたようで、ぼくはどきり、とする。

「だがな、小松崎。健康な心を持っているやつにも二種類おるんやで」

「え？」

車さえ通っていない裏道を疾走する。

「ひとつは、痛みに負けへん強さと柔軟さを持っているやつや。こういうやつやったらええ。けどな。単に痛みから逃げていたり、鈍感やから気ぃつかへんかったり、うまく世の中の流れに乗って、痛いことを適当にかわしていたり、そういうやつらかて多いんや。わかるやろ」

彼の言いたいことはとてもよくわかった。ぼくは見えないのを承知で頷く。

「そういうやつらは、結局のところ、死ぬまで本当に強くなることとか、自由になることはでけへん。わかるな」

「わかります」

「歩や恵はな、痛みをまっすぐに受け止めてああなってもうたんや。でもな、あいつらは必ず治る。治ったら、今度は強くなるで。自分の心の闇を、しっかり受け止めたんやから。そして、それを、ちゃんと自分の力で克服できたんやから」

ぼくは目を閉じた。夜は欠片《かけら》まですべて美しい。昼間のざわめきや混乱をすべて飲み込んで、静かに存在している。

「わかります」

先生は明るい声で言った。

「なあ、小松崎、あいつら、きっとええ女になるで」

先生の健脚のせいか、緑橋にはすぐに着いた。もしかして、本当に侮《あなど》れないかもしれないぞ、自転車。

先生は前のかごに放り込んだリュックから小さい地図を取り出した。

「住所を言うてみい」

住所と見比べて、あっと言う間にマンションを見つけだす。

「先生。でも、行っても彼女、まだ帰ってへんかもしれへんですよ」

「ええねん、ええねん」

ちっともよくないと思うのだが。

「あ、そうそう、おれのことはおまえの同業者ということにしておいてくれ」

ぼくは、げ、とつぶやく。

「なんでなんですか。だいたい先生、なんも関係あらへんのとちゃいますか。なんで、ついてきているんですか」

「ついてきたわけやないで。おれがこいで連れてきたったんや。おまえはただ後ろに乗っていただけのくせに」

それはまあ、そうなのだが。

「それに、先生。そんな格好じゃ怪しまれますよ。せめて、そこのファミレスで待っているとか……」

「うるさい。がたがた抜かすと背骨折るぞ」

それではやくざと一緒ではないか。

ぼくは渋々、先生を連れたまま、マンションの中に入った。エレベーターで三階へ上がり、墨田の表札を探してチャイムを押す。

「茜。帰ってきたのか」

先生と顔を見合わせる。どうやら、彼女はまだ帰ってきていないらしい。

ドアが開いて、中からラフな格好をした男性が顔を出した。背の高い、柔らかい印象の男だった。墨田茜の夫だろう。

ぼくらを見て不審そうな顔をする。

先生がふっと顔を突っ込んだ。

「夜分遅く申し訳ありません。『週刊関西オリジナル』のものですが」

おまえが言うな、おまえが。

「あ、あのさっきお電話いただいた？」

「そうです。実はですね。急に、原稿の締切が早まりまして、失礼とは存じましたが、こんな時間にご訪問させていただいたわけです」

普段とは打って変わって立て板に水のように喋る。しかし、うさんくさいことには変わりはない。

「はあ、立ち話もなんですから、ちょっと中へ……」

意外に彼は愛想がよかった。蹴り出されるか、と思ったが、中にあげてくれてお茶まで淹れてくれた。まあ、得体の知れない男ふたりに、玄関口に立たれるよりもましだと思ったのかもしれないが。

「いや、お話はよくわかりましたが、さっきも言ったように、茜はまだ帰ってきていないんですよ」

「ええ、それはわかります。どうでしょう。わたしたちが茜さんの居場所を捜す、というのは」

いったいなにを言い出すのか、この男は。ぼくはまじまじと先生の顔を見た。

「それは捜していただけるとありがたいのですが、いったいどこに行ったものやら」

「失礼ですが、こういうことはよくあるんですか？」

「いや、結婚してからはじめてです。ですから困り果てているんですよ。どこを捜したらいいのかまったくわからなくて」

「奥様は、何時頃家を出られたんですか？」

「九時頃です。夕食後少し口論になりまして」

「奥様の実家はこの近くですか？」

「いえ、富山の方ですから、あの時間から帰ったとは思えないんですが」

「奥様には、よくお家を訪問されるようなお友だちはいらっしゃいましたか。たとえば、泊まりに行ったりとか」

「いえ、友人とはほとんど外で会っていたはずです」

先生は首を捻《ひね》った。

「そうですか。過去、そんなことがなくて、九時過ぎに家を出られたのなら、友だちの家を訪問されたという可能性も少ない。もしかしたら、どこかのシティホテルにチェックインされているのかも」

「ああ、そうかもしれませんね。一晩帰らなければ、ぼくが心配するとでも思っているのかもしれない」

「じゃあ、その線で少し捜してみることにします」

「いや、しかし……」

「だいじょうぶです、うちの出版社の包囲網を使えば、すぐ見つけられますよ」

うちの出版社にはそんな裏組織はないぞ。だが、旦那は納得したのか頷いた。

「わかりました。見つかったら、彼女に話を聞く前に連絡をいただけますか？」

「そうそう。ぼくらは奥様の顔を知りません。よかったら写真かなにかありませんか？」

「あ、ちょっと待ってください」

旦那が立ち上がって奥の部屋に消える。その隙に先生は身軽に立ち上がった。壁際にかけてあるスーツのポケットに手を突っ込む。唖然《あぜん》としているぼくを後目《しりめ》に、中から鍵の束を抜き出して、自分のポケットに入れる。

「せ、先生、なにを……」

「しっ！」

口を塞《ふさ》がれる。なに食わぬ顔で先生がソファに戻ったとき、旦那が帰ってきた。

「これ、半年ほど前の写真ですが」

「ああ、ありがとうございます。助かります」

写真を受け取った先生はぼくに渡す。そこには、渓谷をバックに、以前ちらりと見た女性が写っていた。静かな笑みを浮かべて。

「ところで、ご主人」

「はい？」

「奥様が、買い物中毒の兆候があったということはご存じですか？」

ぼくははっとした。なんてことを言うのだ。足で先生のすねを蹴っ飛ばしたが、反対に蹴り返される。

旦那はふっとため息をついた。

「そんなことまでご存じなんですか。いや、取材という話を聞いたとき、もしかしたら、と思ったのですが」

旦那も気づいていたのか。彼は気を悪くした様子もなかった。

「実は、今日の喧嘩の原因もそうなんですよ。カードの請求書が百万超えていましてね。うちもそんなに貧乏ではないつもりですが、それにしてもあまりに度が過ぎている」

「おっしゃるとおりです」

納得したのか、先生は立ち上がった。

「では、彼女を発見したら、すぐにお知らせします」

「お願いします」

玄関に向かいかけた先生は、ふと、足を止めた。

「ご主人、ちょっといいですか？」

「は？」

椅子に座る旦那の後ろに立つ。

「ちょっと、力を抜いてください」

そう言うと、肘で彼の首から顎のあたりを押さえた。

「あ、あの……」

呆然とする旦那を無視して、ゆっくりと彼の首を回す。

「はい、もっと力抜いてください」

そう言うと、きつく、首を曲げた。ぐきっと小気味いい音が部屋に響いた。

「はい、こっち側も」

もう一度、音が鳴る。先生は、彼の首を解放した。旦那は、まるで犯されたかのような顔で、先生をぼんやり見ていた。

先生はにやりと笑って、リュックを肩に掛けた。

「首の骨がずれてましたから、治しておきました。どうやら、かなりお疲れのようですね」


ぼくらはまた自転車にまたがって戻ることにした。

「先生、いったいどういうつもりなんですか」

「別に」

「別にじゃないですよ。ぼくの仕事に首を突っ込んで」

「まあ、ええやないか」

まさに、のれんに腕押し、としか言いようのないのらりくらりとした返事に、ぼくは黙った。

先生は自転車をこぎながら、天を仰いだ。

「月、きれいやなあ」

つられて空を見る。

青いような大きな満月。排気ガスで曇った空にはほとんど星は見えない。月だけが、ゆっくりと流れるように動いていた。

こんな汚れた街でも、月だけは公平に美しく見える。

急に先生が低くつぶやいた。

「小松崎。しっかりつかまっとけ」

「え？」

「つけられている。撒《ま》くぞ」

そういうと、ぎゅん、と路地を曲がった。体重移動がうまくできなくて、ぼくは先生の背中に鼻をぶつけた。

「いってえー」

「しっかりつかまっとけ、言うたやろう」

「そやかて、そんな急に曲がるとは思いませんもん」

また、曲がる。今度はしっかり背中をつかんだ。もう、どこに向かっているのか全然わからない。

「つけられているって……」

「ま、相手は車やから撒くのは簡単や。でも、ほかにも手がまわっているかもしれへんからな。念のため」

「だれがつけてきているんですか」

「さっきの旦那ちゃうか」

彼がいったいどうして。ぼくらのことを怪しいと思ったのだろうか。まあ、それも当然な気もしないでもないが。

「まあ、あと一時間ほどしたら、首が痛くて動かれへんようになるやろうけど」

ぼくは、ぽかん、と先生を見上げた。

「じゃ、じゃあ、さっきの？」

彼は振り向いて、にやりと笑った。ぼくはこのとき、心に誓った。この男に逆らうのだけは絶対にやめよう。

緩やかな下り坂を、自転車はすべるように進んでいく。いつの間にか、川に沿って走っていた。

「ここは？」

「桜川」

じゃあ、いつの間にか、大阪の中心を挟んで西の方に出ていたらしい。まったく気づかなかった。適当に走っているように見えて、先生はきちんと場所を把握しているようだった。

「どこに行くんですか」

「旦那の事務所」

「そこに行って、なにするんですか？　そこに墨田茜がいるんですか？」

「賭けるか？」

「彼女がいるか、いないかですか？」

「そうや。おれはおらんほうに賭ける」

なにを言っているのだ。

倉庫の角で彼は、自転車を止めた。

「おまえ、携帯持っとるか？」

「はあ、持ってますけど」

「ちょっと貸してくれ」

携帯を渡すと、彼はどこかに電話をかけた。さっきの小さい地図を片手になにか喋っている。どうやら、電話の相手は恵さんらしい。

「終わった。ありがとう」

携帯をぼくに返すと、また自転車にまたがる。

「行くぞ。乗れ」

あわてて、後ろにまたがる。彼はこぎ出した。

時間はすでに十二時を大きくまわっていた。もう終電はない。ぼくはため息をついた。

「なんや、もうおねむか。帰ってもええで」

「そんなこと言うても、もう終電ないじゃないですか」

「家、どこや」

「寺田町《てらだちょう》です」

「すぐそばや。歩いて帰れるやん」

嘘をつけ。まったく逆の方向ではないか。どうもこの男の地理感覚は人とは違うらしい。

しょうがない。こうなったら、この男の気まぐれに最後までつきあうしかない。

「チャリで送ってやってもええねんけど、優先順位としては、おまえはかなり後や」

どうせそうだろう。

彼は垢抜《あかぬ》けたオフィスビルを見つけると、そこの地下駐車場に、自転車ごと入っていった。

「ここが旦那のオフィスですか？」

まだ、仕事を続けているところもあるようだ。

「なんや、みんな働くのが好きやなあ。夜ぐらい寝ればええのに」

なんとなく耳が痛い。

非常階段を昇って、五階に行く。「オフィス・アルルカン」という表札がかかっている。

人のいる気配はなかった。

先生は、ポケットから鍵を出して、ドアを開けた。あのスーツのポケットから盗んだ鍵だ。

「先生、それ、もしかして犯罪ちゃいますか?」

「もしかせんでも犯罪や。怖《お》じ気《け》づいたら帰ってええぞ」

そう言われても、もう後には引けない。

「まあ、気にするな。おまえかて、地下鉄のキセルや会社の備品持ち帰りくらいやってるやろう。一億総犯罪者や」

ぬけぬけと言う。しかしキセルとは犯罪のレベルが違うぞ。

中に入ると、セキュリティシステムがブザーを鳴らす。先生は軽く室内を見回すと、セキュリティシステムの装置を見つけて、そこに鍵束のキーを差し込んだ。ブザーは止まった。

「なんや、人間の作るもので中途半端やなあ。こんなん、なんの役にも立てへんやん」

「鍵持ってへん泥棒には役に立ちますよ」

「そうか。それにあんまし厳しくすると、今度は日常使う人間が不便やしな」

先生は並んだ机の引き出しを開けて、なにかを捜しはじめた。

よっぽど、手伝いましょうか、と言おうと思ったが、どうも不安である。変な犯罪に荷担してしまう可能性がないとはいえない。まあ、ここに入り込んでいる時点で、すでにアウトだろうが。

イタリア製の応接セット。観葉植物が並ぶ、洒落たオフィスだった。うちの編集部とはまったく違う。部屋の隅には、熱帯魚の水槽まである。

ぼくは水槽をのぞき込んだ。青や黄色の鮮やかな色の魚が、ゆったりと泡の中を泳いでいた。まるで、宝石のように美しい。

水槽に先生の顔が映った。

「きれいやなあ」

ぼくは頷いた。先生の骨張った指が、水槽をなぞる。

「でもな。きれいなんは表だけや。見てみ」

一匹の魚を指さす。その魚は目がぷっくりと膨らんでいた。

「こいつは病気や。それとこいつも」

別の魚を、示す。たしかによく見ると、皮膚が疣《いぼ》のように盛り上がっていた。急に胸が悪くなる。ぼくは目を逸らした。

先生は歌うように言った。

「なあ、病気になるのはしょうがないわなあ。ほっといたって病気になるときはなるんやし。だけどな。こいつらは、ここにいるから、病気になったんや。かわいそうになあ」

先生の目は熱帯魚を追っている。だが、ぼくには彼が、熱帯魚の話をしているようには思えなかった。

「先生、捜し物は見つかったんですか」

「おう、見つかった。長居は無用や、帰るぞ」

廊下に出て鍵を閉める。先生はハンカチで鍵を拭って、廊下に落とし、観葉植物の陰に蹴り込んだ。

「ま、これでええんちゃうか」

夜の中をまた、外に出る。

「先生。これで終わりですか？」

「まだや」

ふえー、と情けない声が漏れる。この調子では今晩は徹夜する羽目になるのだろうか。

「帰りたかったら帰れ。おれもおまえを乗せて走るの疲れた」

そう言われるとなんかしゃくに障る。

「いやです。ここまできたんやから、最後までつきあいます」

ぼくは自分から先に自転車の後ろにまたがった。

「どこへ行くんですか」

「カナリヤの居場所を捜さなあかん」

先生の顔を見上げる。

「それは、墨田茜のことですか？　彼女を捜す言うても、あてはあるんですか？」

「ない」

「そんなん無理ですよ」

いくら大阪の街が狭いといっても、ここは一応都会の真ん中だ。女性ひとりが姿を隠す隙間はいくらでもある。

「無理でも、捜さんわけにはいかんのや」

先生はそう言うと、きゅっと目を細めた。

「遅れたらカナリヤが窒息してしまう」

第九章　繋《つな》がる

カーテンの隙間から、光が射し込んだ。

わたしは寝返りを打つ。呼吸をすると、空気にかすかに嗅《か》ぎ慣れない匂いが混じる。

目を開いた。いつもの寝室ではなかった。

そうしてわたしは思い出す。昨日の夜のことを。

和樹は少女のようにまろやかな肩を毛布から出して、横で眠っていた。かすかに凶暴な少年の体臭。

わたしは手を伸ばして、彼の肩に触れた。

まるで、鳥みたいだ。

そう、若い猛禽《もうきん》。肩胛骨《けんこうこつ》のふくらみが翼のようにも見える。

ゆっくりと起きあがる。身体と心が軽かった。こんなに朝がすがすがしいと思ったのはひさしぶりだ。

和樹が鼻声で呻《うめ》くと、寝返りを打つ。ゆっくりと目を開けた。

「おはよう」

彼は笑った。

「おはよう」

わたしはたとえようもない幸福感に包まれる。


彼がシャワーを浴びている間に考える。これからどうするのがいちばんいいのだろう。

実家に帰ろうと思っていた。しかし、帰ったからといって、なにかが解決するわけではない。結局夫とは話し合わなければならないのだ。

わたしは決心した。マンションに帰ろう。そうして、夫と冷静に話し合おう。

わたしの心は決まっている。彼とはこれ以上一緒にはいられない。

浴室から、和樹がでてきた。

「茜さん、これからどうするんや」

「マンションに帰るわ」

彼の髪の毛を拭く手が止まった。わたしの真意を確かめようとするかのように、じっと顔を見る。

「帰って、夫と離婚のための話し合いをするわ。今、逃げても、結局しなくちゃならないことだから」

「離婚してからのことは、どうするんや」

気の早い彼のことばに苦笑する。若い男の子はなんてせっかちなんだろう。

「そんなのまだ決めていないわ。大阪で仕事が見つかったら、こっちで働くかもしれないけど、もしかしたら実家に帰るかもしれないし」

彼はバスタオルをかぶったまま、わたしの横にすり寄ってくる。

「あかん。大阪から離れたらあかん。約束せえ」

わたしは笑った。そしてきっぱりと言う。

「駄目。約束はできない。それはわたしがよく考えて決めるの」

彼は困ったような顔でわたしを見上げた。わたしはバスタオル越しに彼の頭に触れる。

「でも、どこにいても、わたし、和樹に電話をするわ。あなたの声を聞く。そうして、できるだけ和樹に会いに来る。あなたが元気で、楽しくやっているのを何度も見に来るわ」

和樹は頷いた。白い歯を見せて笑う。

わたしは立ち上がった。

「早く用意して。もう行きましょう。和樹も仕事に行かなくちゃならないんでしょ」

「今日はもうええよ。茜さんと一緒にいる」

「駄目。なに言っているの。大人の男は仕事をおろそかにしちゃいけないのよ。ちゃんと行きなさい」

「せやかて」

わたしは彼の横に座り直して、唇にかすかに触れた。

「わたしは和樹を大人の男として扱ったわ。だから、あなたも大人の男の義務を果たしなさい」

彼は渋々頷いた。わたしは鏡の前で髪をまとめた。生まれ変わったわたしがそこにいた。

「茜さん、なんか今日は強情や」

口紅を引いてから、振り向いた。

「そうよ。わたしはわたしのやりたいようにやるの」

ちょうどラッシュ時に差し掛かってしまった。この時間の地下鉄は、殺人的な混み具合だ。肩を縮めるようにして、わたしは人混みの隙間を歩き続けた。

電車を待つための列に並ぶ。横にはきれいにお洒落したOLらしき女性がふたり、会話を続けていた。

「昨日のワンピース、可愛かったなあ」

「なんで買わへんかったんよ。よう似合っていたのに」

「だって、今月、もうカード、使いすぎているんやもん。次の締め日がきたら買おうと思って」

「あ、なるほどね」

心がちくりと痛む。もう二度とあんなことは繰り返さない。

ふと、なにかが引っかかった。

わたしは顔を上げる。なんだろう、今の違和感は。記憶の中を探る。

そう、締め日。今月買った分の請求が今月の末にくるわけはない。

どういうことなのだろう。わたしは、がんがんと痛み始めた頭を押さえた。今月請求されたのは、先月に買い物した分のはずだ。

わたしは先月百二十万もの買い物をしたのだろうか。

はっきりと言える。そんな多額の買い物はしていない。じゃあ、あの請求はいったい。

電車の到着を告げるアナウンスがあった。ホームの人はどんどん増えていく。

サングラスをした男性が、わたしのすぐ後ろに立った。まるで押されるように、わたしはホームぎりぎりに立つ。

痴漢かもしれない、と少し不審に思う。こんな真後ろに立つなんて。

電車が入ってきた。

背中に強い衝撃を感じた。

「な……」

よろける。線路が急に近く感じられる。

電車の轟音《ごうおん》。

周囲の悲鳴が、ひどく遠く聞こえた。

「茜さん！　危ない！」

腰のあたりをきつく抱き留められた。入ってきた電車は、わたしの鼻先を通っていく。

呼吸が止まりそうだった。心臓が早鐘のような音をたてる。

和樹がわたしの腰をしっかり抱きかかえていた。

「和樹……？」

後ろにいた男性が、くるり、ときびすを返して走り去った。

「茜さん、あいつや。あいつが突き落とそうとしたんや！」

彼はそう言うと、男を追った。

「駄目、和樹、戻りなさい！」

なにかわからないが、ひどく危険な気がした。わたしの声が聞こえないのか、和樹は男を追って、駅の階段を駆け上っていく。わたしもあわててあとを追う。

和樹はわたしを追ってきたのだろうか。わたしのことが心配で、ずっとついてきていたのか。

まるで、最初に会ったときのように。

ヒールの靴は走るのには適さない。わたしは苛立った。

改札を抜ける。この先は入り組んだ地下道だ。見失うと捜せない。

「和樹！」

呼ぶ声が、地下道にこだまする。

彼の叫び声が聞こえた。

わたしは凍り付く。その声を頼りに走った。

地上に上がる階段の下に彼がうつぶせに倒れていた。

不吉な光景。

「和樹！」

わたしは彼に駆け寄って、抱き起こす。

「ちっきしょー」

彼は低くつぶやくと、右手でわたしの腕にしがみつく。

「ごめん、茜さん、逃げられた」

ほっとする。顔は派手にすりむいてはいるものの、大した怪我ではないようだ。

「いいのよ。無茶なんかしないで」

ぎゅっと抱きしめると、彼は苦痛の叫び声をあげた。

「どうしたの、和樹！」

彼は右手で左肩を押さえた。見れば、左腕がだらん、と力が抜けたようになっている。大変だ。骨でも折れたのかもしれない。

「さ、つかまって」

わたしは、彼の無事なほうの手を肩に掛けて、彼を担いだ。地上に上ればタクシーが拾える。

だれもいなかったらどうしようか、と思った。まだ、時間は早い。

けれど、幸いなことに合田接骨院には人影があった。わたしは強く引き戸をノックした。

「すみません。開けてください！」

引き戸が開いて、力先生が顔を出す。わたしの顔を見て、笑顔になる。

「墨田さん、よくいらっしゃいました」

「彼を、彼を診てあげてくれませんか」

わたしは痛みに歯を食いしばっている和樹を、先生の前に押し出した。

「どうしましたか」

「階段から落ちたんです」

先生は呆れたような顔で、わたしを見た。

「墨田さん、そういうときはまず病院に行くものですよ」

そう言われればそうだ。わたしは混乱して、なにをしているのだろう。だが、なんとなく、先生のところへくればなんとかなるのではないか、そんな衝動に駆られてしまったのだ。

それでも、先生はわたしたちを中に入れてくれた。

見れば、待合室の椅子の上で、若い小柄な男性が、ぐったりとのびたように寝ころがっていた。

先生は、カーテンの奥へ和樹を連れていくと、ベッドに座らせた。

まぶたを引っ張って眼球をのぞき込む。

「頭は打ったか」

「打ってへん」

「吐き気するか」

「せえへん」

あまりに最小限の問答に、少し緊張が緩む。先生は、彼が押さえている左肩に手をやると、少し動かした。

和樹の顔が激痛に歪む。

「これ、痛いか」

「痛い」

「腕をどうしたんや。落ちるときに、身体の下敷きにでもなったか」

「突き落とされて、手すりをつかんだんや。そのときになんか、変な音して力抜けた」

先生は首を捻って、和樹の肩や腕を押さえる。

「たぶん、折れてへんと思う。肩が外れただけやな。うちにきたのも、まんざら間違いでもなさそうや」

そういうと、先生は和樹の腕を、深く抱え込んだ。もう片方の手で、彼の胴体を押さえ込んだ。

「おい、坊主」

「なんや」

「歯、食いしばれ」

そう言うと、腕に力を込める。

和樹の絶叫が狭いプレハブに響いた。

待合室で寝ていた男性が、がば、と起きあがる。

「痛い、痛い、痛い！」

「アホか、これくらい我慢せえ」

「アホか、おっさん、痛いもんは、痛いんじゃ！　離せ！」

ぐきっと大きな音が響いた。背筋がぞっとする。

先生はやっと和樹を解放した。和樹はベッドに手をついて、荒い呼吸をしている。

「腕、動かしてみい」

彼は、左肩に手をやった。ゆっくりと左手を動かす。

姿からは、先ほどの痛そうな様子は感じられない。わたしは安堵のため息をついた。

「ま、まだ痛いやろうけど、肩入れといた。これからテーピングしてやる」

彼は先生の話を聞いているのかいないのか、不思議そうに自分の肩を回していた。その
だらりと垂れて動かなかった左手が動いていた。

「あれ?」


助手の女の子たちが出勤してきた。ひとりは、和樹の顔や身体の傷を消毒してくれ、もうひとりは朝食を取っていなかったわたしたちのために、トーストを焼いてくれた。

待合室の小柄な男性は、眠そうな目をこすりながらコーヒーを飲んでいた。

左肩をテープでぐるぐる巻かれた和樹は、それでもぱくぱくとトーストを平らげて、コーヒーを飲んだ。

一時は本当にどうなることかと思った。わたしは元気になった彼の姿を見ながら、胸を撫《な》で下ろす。

「先生、どうもありがとうございました」

深々と頭を下げる。先生は、軽く手を振って、わたしを制した。

「気にしなくていい。治療費はいただきます」

先生は、笑いながら、椅子を回して和樹の方を向いた。

「しかし、ひどい面やなあ」

頬から顎にかけての擦り傷には大きなガーゼが当てられ、額にも絆創膏《ばんそうこう》が貼られている。

そう言われて、彼は不服そうに鼻を鳴らす。助手の痩せた女の子が、彼の頭をぐりぐり撫でた。

「あら、別にええやない。かっこいいと思うよ」

そう言われると誇らしそうな顔になる。

「和樹くん、わたしとデートしようか」

和樹がなにか言う前に、先生が口を挟む。

「やめとけやめとけ、頭からばりばり食われるぞ」

目を丸くして、先生と彼女を見比べる。そのきょとんとした表情を見ていると、自然に笑みがこぼれた。

わたしは立ち上がった。

「先生。わたし、そろそろ帰ります」

彼は眉を寄せた。立ち上がって、わたしを手招きする。そのまま、奥の別室に入っていった。

なんなのだろう。わたしはそのまま彼についていった。

別室のベッドに、彼は腰を下ろした。

「少し、話を聞いていってもらえますか?」

「え、ええ」

なんの話があるというのだろう。わたしは、空いている椅子に座る。

「以前、わたしはあなたのことを、道しるべを失って迷っている、と言いましたね」

たしかに覚えている。だが、今は違う。わたしには、行く道がはっきりと見えていた。

そう言おうとするわたしを遮って、彼はことばを続けた。

「あなたは、他人の手によって、迷路に追い込まれたことを知っていますか?」

「他人の手……ですか?」

わたしは呆然として聞き返した。彼がなんの話をしているのかわからない。わたしが迷ったのは、わたしの責任ではないのだろうか。

「とりあえず、これを見てください」

彼が差し出す用紙を受け取る。わたしはそれに目を落とした。

セレクトショップ「ハイドアンドシーク」企画書。そう書かれた表紙に、プリンターで印刷されて何枚かホチキスで束ねられた用紙だった。

先生の手が用紙をめくっていく。

「ここを」

彼が指さした部分には、取締役社長、浦里美代と書かれていた。その下に書かれている文字を見て、わたしは自分の目を疑った。

共同出資者、オフィス・アルルカン、墨田真紀夫。

夫の名前。いったいどういうことなのだろうか。美代と夫は、知り合いだったのか。いや、知り合いなんてものじゃない。この企画書が本当ならば、彼と美代は仕事上の相棒ということになる。

「ご存じでしたか？」

「知りません。こんな……、こんなこと」

美代も夫も一言もそんなことは言わなかった。気づかなかった？　いや、そんなはずはない。わたしは美代をアルルカンに連れていっているし、夫にも美代の話をしている。なぜ、ふたりは黙っていたのだろう。

「そして、あなたは、ご主人の会社の経営が決して思わしいものではないことを知っていましたか？」

その質問にも首を振る。彼は仕事の話などわたしにはしなかった。

「それも、最近のことじゃない。あなたと結婚する前から、経営は悪化していた。一昨年一軒の焼き肉屋の経営に失敗して、店を閉めています。今現在、彼には五千万以上の借金があります。そして、その連帯保証人になっているのが、浦里美代です。彼女のショップ自体の経営は、それほど悪くはないですが」

はじめて聞く話の連続に、わたしは驚きを隠せなかった。

彼はわたしの目を見据えて言った。

「そうして、あなたには一億の生命保険がかけられている」

息を呑む。たしかに、保険はかけたような気がする。健康診断も受けた。でも、彼は生命保険ではなく、積立保険だ、と言っていた。

「この計画を立てたのが、墨田真紀夫か浦里美代かはわかりません。だが、あなたをターゲットにすることを思いついたのは、浦里でしょう。あなたは以前も、カード破産寸前まで行っている。実家のご両親は土地を売って、その借金を返済してくれた、と言っていましたね。人との距離が短い田舎では、他人《ひと》の口に戸は立てられない。あなたのこともたぶん、噂になっていたのでしょう」

そう、周囲の人のわたしを見る目は決してあたたかいものではなかった。わたしはびくびくしながら、日々を過ごしていた。

「もともと、買い物依存症の前歴がある女性にお見合いを申し込んで、結婚する。そうして、その女性に、自分の母親を使って緩《ゆる》やかにストレスを与え続ける。彼女の手元には限度額の大きなカード。自分は、カードの請求書や銀行の残高には無頓着である、というアピールをする」

思い当たることばかりだった。わたしはスカートを握りしめる。

彼は深く息を吐いた。

「依存症の人間というのは、自分の行動が起こす結果に、完全に目をふさいでしまいます。わかりますね」

わたしは頷く。たしかにそうだ。わたしは度を越した買い物がどういう結果を呼ぶのかを、知っていながら目をふさいでいた。

「だから、あなたがそのうち、カードの請求書に目を通さなくなるのも、当然予想できることだった。そして、あなたがカードの請求書を見なくなるころ、彼らは行動を起こした。あなたのカードで、ハイドアンドシークでの買い物をでっちあげる。カード番号は、夫である真紀夫にはわかっているし、番号さえわかれば、店から請求は出せます。真紀夫の口座からは、その金額が引き落とされますが、もともと行われなかった買い物の引き落としです。金は、カード会社への手数料の五パーセントだけ損をしますが、あとは右から左へ動くだけだ」

「もし、わたしが以前の失敗に懲《こ》りて、買い物をしなかったのなら……」

「それでもなんの問題もありません。カードの請求書を会社のほうに送らせるようにして、あとは架空の引き落としをでっちあげるだけです。あなたが、ハイドアンドシーク以外の店でも買い物をしていた、という事実があったほうがいいというだけで、もしなくても、別にかまわない。あなたには、前歴がありますから」

彼は、少しの間、話すのをやめた。わたしがきちんと受け止めているか、確認したようだった。

「ある程度、そうしてカードの請求書という既成事実を作ったあと、自殺に見せかけてあなたを殺す。自殺の動機はちゃんとある。度を越したカード明細がその証拠です。だれも、あなたの自殺を疑わないでしょう」

唇が震えた。そう、彼にとってはわたしは人ですらなかったのだ。ただの、ビジネスの駒だった。見せかけだけの愛情のことばと見せかけだけの優しさ。そんなものに騙《だま》されていた自分が恥ずかしかった。

「美代が、わたしを誘ったのはどうしてなんでしょうか。わたしに買い物をさせるため？」

「そうでしょうね。ハイドアンドシークの店員があなたの顔も見たことないというのでは都合が悪いですから」

わたしは目を閉じた。

自分をとりまく悪意の存在にはじめて気がついた。

不思議と怒りの感情は湧かなかった。むしろ、憐憫《れんびん》に近い思いがこみあげてくる。人を駒としか見ない人たち。見せかけだけの華やかさの中で、くだらないものを手に入れようとあがいている。

先生は顎で、カーテンの向こうをしゃくった。

「さっき、外で寝ていた男いるでしょう」

「ええ」

「彼は雑誌記者です。彼も浦里美代と墨田真紀夫に、あなたが買い物依存症である、と聞いて、あなたを取材しようと追っていた。もし、あなたが自殺死体で発見されたときは、彼も証人のひとりになる予定だったのでしょう」

　そうだったのか。わたしは包囲網の堅さに改めて愕然《がくぜん》とした。

「ゆうべ、あなたが行方不明になった、と聞いて、これは急がなければならない、と思った。たぶん、彼らはまもなくあなたを殺すつもりなのでは、と思いました」

「わたし、今朝、殺されそうになりました」

　先生が息を呑むのがわかった。

「無事だったのですか……と、これは愚問ですね」

「駅のホームで、電車のくるときに突き落とされそうになりました。彼が助けてくれたんです」

　彼は目だけで笑った。

「実は、ゆうべ一晩中あなたを捜していました。けれど、その必要はなかったようですね」

　わたしは頷いた。

「ええ、わたし、世界でいちばん安全な場所にいました」

　そう、あのふたりだけの部屋。あの時間と空間は特別のシェルターだった。まるで、エアポケットのように、すべてから隔離されていた。

　彼はベッドから立ち上がった。

「これから、どうしますか？」

「どう、と言いますと？」

「警察に行くという手もある。彼らがあなたを殺そうとしたという証明は難しいかもしれないですが。もしくは、彼らを存在しないカード取引をでっちあげた詐欺で訴えることはできるでしょう。カードの名義人はあなたなのですから。それなら、わたしはお手伝いができるかもしれない。情報を集めてくれた友人がいる。外にいる彼も証人になってくれる」

　わたしは首を傾《かし》げた。

「少し考えさせていただけますか？」

「あなたの問題です。好きなだけ考えてください」


　わたしはハイドアンドシークの前に立っていた。和樹は仕事に出るため、帰っていった。

　ディスプレイされた服の隙間から、店の内部が見える。美代となにか相談している男性は、間違いなく夫だった。食事に行っているのか、ほかの店員たちはいなかった。

思い出す。アルルカンで、美代は丁寧な扱いを受けていた。あれは、常連としての扱いではなく、オーナーのビジネスパートナーとしての扱いだったのだろう。それとも、もしかすると美代は、彼の恋人だったのだろうか。

あなたたちにとって、わたしは駒だった。なにも知る必要などなく、なにも、与える必要などなかった。あなたたちのために使い捨てられるべき存在。

どうして、あなたたちと一緒にいたい、なんて思ったのだろう。

わたしはガラスのドアを押して、店内に入った。

はっとふたりがこちらを向く。夫はあわてたのか、立ち上がった拍子に鞄の中のものをすべて、床にぶちまけた。

「茜。どこへ行っていたんだ。心配したんだぞ」

床のペンや財布を拾いながら、無意味に明るい声を出す。怪我でもしたのか、首まわりにコルセットのようなものをはめている。美代は笑わなかった。わたしの表情から、なにかを読みとったようだった。たしかに、女は男よりも勘が鋭いかもしれない。

「浦里さんが、おまえの行方を知らないか、と思ってきてみたんだ。きてよかったよ。さ、帰ろう。昨日のことは、ぼくが悪かった」

わたしは腕にのびてきた夫の手を払った。

「ごめんなさい。わたし、全部わかったの」

夫の顔が強《こわ》ばる。その表情がおかしくて、わたしは笑いたくなる。

「わかったってなにが」

「あなたたちが企《たくら》んでいたことよ」

彼はさもおかしそうに笑う。わざとらしい笑顔。

「なに言っているんだ、茜。だれかに変なことを吹き込まれたんじゃないだろうな」

「さっき家に帰ってきたわ」

わたしは、手を伸ばす彼の横をすり抜ける。

「カードの請求書持ってきた。わたし、あんなに買った覚えはないもの。さっきカード会社に連絡して、調べてもらうようにお願いしたの」

彼の顔が青ざめるのがわかった。

「茜、きみがなにを言っているのかわからないよ」

同じことを繰り返す。横にいた美代が吐き捨てるように言った。

「よしなさいよ。見苦しい」

彼は信じられないように、美代の顔を見た。美代は続ける。

「もっと、頭のいい男だと思っていたのに。莫迦ね。今さらあがいたってなんにもならないわ」

「美代！」

彼は叫んだ。その一言で、彼は馬脚を露《あら》わした。妻の友だちへの呼びかけではない。

哀れみさえ感じた。つまらない価値観にとらわれたふたり。このまま、放っておいても彼らは自滅するのではないか。

だけど、とわたしは思う。すべてはあるべき形へと戻すべきだ。わたしは胸を張って生きるため、自分のやるべきことをするだけ。

「わたし、あなたたちのことを訴えるわ」

夫の顔が恐怖に歪んだ。口から唾《つば》を飛ばして喋る。

「なにを言っているんだ。自分の夫のことを訴えるだなんて、恥を掻くのはおまえだぞ」

そんなことばが脅しになると思うなんて、本当につまらない男だ。

「ねえ、わたしを突き落とそうとしたのは、あなたの会社の人かしら。顔を見ている人もいるし、あのラッシュ時の駅だから、目撃者はいくらでもいるわ」

「信じられない……。おまえがそんな女だったとは思わなかったよ」

「そうね。わたしも自分がこんな女だったとは思わなかったわ。そうそう、わたしを殺そうとしても無駄よ。このことを知っている人間はたくさんいるわ。わたしにもしものことがあったら、まっさきにあなたが疑われるのよ。その中にはマスコミ関係の人間もいるのよ」

夫は額に浮かんだ汗を拭《ぬぐ》った。見苦しく叫ぶ。

「こんな茶番はもうたくさんだ。帰らせてもらう！」

そう、帰ればいい。そうして弁護士にでも相談するのがいちばんの得策だ。今、ここでわたしをなだめようとしても、なんにもならない。

鞄をひっつかむと、彼は店からでていってしまった。

美代はまだソファに座っていた。胸ポケットから細身の煙草を出して、火をつける。

「ずいぶん、うまく逃げたわね。悔しいけど完敗だわ。絶対うまくいくと思ったのに」

「たぶん、わたしひとりだけなら、負けていたわ。あなたたちの思うようになっていた。助けてくれる人たちがいたの」

「そう、よかったじゃない。まあ、わたしにしたら、『よけいなことして』って感じだけど」

彼女は顎で、自分の正面を指した。

「座ったら。まだ、いるってことは、なんか言いたいことあるんじゃないの」

わたしは少し躊躇《ちゅうちょ》した。

「気にしなくていいわよ。わたし、この店のことは本当に大切に思っているの。この店の中で殺したりは絶対にしない」

そう、たぶんそれは本当だ。わたしは店内を見回した。集まっているものたちは、本当に素敵だった。服を心から愛していないと、こんなふうに商品は選べないだろう。

わたしはソファに座った。彼女は脚を組み替える。

「本当はね、あの男よりも、この店が大切だった。最初に店を出すため、出資してもらったから、この店が軌道に乗りだしたとき、連帯保証人になってくれって言われて、断ることができなかった。大丈夫だろうと思ったんだけど、結局はこの通り。無様なことになってしまったわ。この計画が成功したら、店を手放さなくてもいいと思ったんだけど」

わたしは彼女を見据えて言った。

「人の気持ちをないがしろにしては、ろくなことにならないわ」

彼女はわたしのことばを鼻で嗤った。

「えらそうなこと言わないで。自分ではなにひとつしてこなかったくせに。彼に、都合のいい見合い話を持ち込まれて、それにほいほい乗ったくせに。わたしはずっと自分でやってきたわ。自分で店を出すためのお金を貯めて、自分で出資してくれる人を探して、自分で商品を選んで、この店を成功させてきたのよ。あんたなんかに、それができる?」

わたしはことばにつまる。たしかに、わたしにはそんなことはできそうにない。それは認めるしかなかった。彼女はすごかった。

「人間には能力ってものがあるのよ。それは事実だわ。能力の劣るものは、勝《すぐ》れたものの踏み台になっていく。それが当然。自然界でもそうじゃないの。草食動物は肉食獣に食べられるのが当たり前。あんたみたいに、なんにもできない人間は、わたしたちに利用されて当然なのよ」

わたしは黙る。それは彼女の価値観だ。わたしにはそれをとやかく言うことはできない。

彼女は吐き捨てるように言った。

「大嫌い。『わたしのことを利用したのね』なんて言うようなやつ。利用価値があると思うから、つきあっているんじゃないの。利用価値がないと思えば、一緒にいるわけないじゃないの。自分だって、わたしに利用価値があると思うから、つきあっているんじゃないの」

「愛情だってあるじゃない」

「愛情も利用価値の一種だわ。その人と一緒にいることが快楽だから、一緒にいるんじゃない。それと、利用価値がある人と一緒にいるのと、どこが違うっていうの。頭悪いやつに限って、無意味に愛情とか優しさとか言うのよ。自分ではなにひとつ勝ち取ることができないんだから」

わたしは彼女をぼんやり見つめていた。

「知っている？　浩子と香奈。別にばりばりのキャリアウーマンでも、芦屋の奥様でもないのよ。単なる文房具屋の店員と、普通のサラリーマンの奥さん。わたしがあの服や小物や、全部貸してあげて、お金持ちの演技をしてくれるように頼んだの」

「わたしを陥《おとしい》れるために？」

「それもあるけど、それよりもおもしろかったわ。人ってこういう物質的なことに、こんなにコンプレックスを抱くもんだって。あんた、めちゃくちゃ気を使っていたもん。わたしらの顔色をうかがって、莫迦にされないようにって。わたしがあんたの安物の時計をじっと見たら、トイレに立って外してきたじゃない。思ったわ。つまらない女だなって」

たしかにそれは事実だった。わたしは唇を咬んだ。

「昨日ね。浩子と香奈に、演技はもういいから、もう会わないって言ったら、『わたしたちのことを利用してたのね』って言われたわ。あたりまえじゃない。わたしが貸してあげた高級なブランド品をうれしそうに身につけていたくせに、なにえらそうなこと言っているのか。おかしいわ」

彼女は声をあげて笑った。わたしはその声をひどく遠くで聞く。

力先生は言った。物事は一面だけではない、と。わたしたちは多面角を転がしながら生きている。その中のどの一面を選ぶのかは、その人の自由だ。

わたしは言った。

「美代。それはあなたが選んだ価値観だわ。あなたはその中で胸を張って生きていけばいい。あなたはそれで結果を出してきた。わたしはそれはすごいと思うわ」

彼女はわたしを見た。口の端に微笑が浮かぶ。

「けれど、わたし、あなたの価値観にはつきあえそうもない」

彼女は頷いた。

「今回はわたしの負けだわ。それは認める」

わたしは立ち上がった。店内を見回す。ゆうべはつまらないと思った。けれども、これはこれで素敵だった。彼女の洋服に対する、愛とポリシーがあふれていた。

「この店は、もしかしたら手放さなきゃならないかもしれないけど、わたし洋服に関わることはやめないわ。この店を成功させて、自分のセンスに自信を持ったし」

「そうね。とても素敵だわ」

わたしはディスプレイされた白いスーツに触れた。

こちらを見て彼女は言った。

「また、いつか、新しい店をオープンさせたらのぞきにきてくれる？　洋服にはなんにも罪はないもの。わたし、茜の洋服の選び方好きだったわ。わたしがいちばん見てほしい、と思っているものばかり、見てくれた」

きらきらと輝くものたち。わたしはそれに過剰に振り回されることなく、それを無意味に貶めることなく、関わっていければいい。

わたしは言った。

「行くわ。だから、美代も頑張ってね」

彼女はわたしから、目を逸らして笑った。

第十章　羽ばたく

「小松崎、おまええええ加減に起きろ！」

首の付け根をぐうっと押されて、ぼくは飛び起きた。

また、いつの間にか眠っていたようだ。まだ、疲労感は取れたとは言えない。一晩中、大阪市内のホテルや二十四時間営業のファミレスなどを走り回っていたのだ。疲れるのもあたりまえだ。

「もう昼まわっているぞ。おまえ、会社に行かんでええんか？」

「もうええです。今日は休みます」

もう一度、ベッドに横になる。

「アホか。うちのベッドは昼寝用やないぞ。施術用や。そんなところで寝ていられたら、仕事の邪魔や」

「大して患者もけえへんくせに」

「ほー、そんなこと言うか」

先生は、腹這《ば》いになっているぼくの背中にまたがった。肘で首を抱える。

「どっちに曲げてほしい？」

「うわ、やめてくださいよ、もう」

身の危険を感じて、ぼくは手足をじたばたさせた。

だいたい、なぜ、この男はこんなに元気なのだ。そう言うため、口を開く。

「だいたい、おまえ、あれくらいでダウンするなんて情けないぞ」

先を越された。がっくりとベッドに腹這いになる。

「先生こそ、なんでそんなに元気なんですか」

「普段の鍛え方が違うんや。それにおまえは、自転車の後ろにまたがっていただけやないか。こいでたんはおれやで」

「乱暴な運転についていくのも疲れるんです」

頭をぺしっと叩かれる。完全に起こされて、ぼくはのろのろと起きあがった。

「先生」

「なんや」

「なんで、墨田さんが、命を狙われているってわかったんですか」

彼は横目でぼくを見た。相変わらず目つきが悪い。

「背中に触れた感触がおかしかったから、最初から気になっていた。ただ、本人の心がけや生活態度が悪うて歪《ゆが》んでいる、それだけやないような気がした。無理に強い悪意で歪まされているような気がしたんや」

　それだけ聞いたら、いいかげんな根拠のようにも思える。だが、なんとなくわかってきた。この男は指先で、身体の悲鳴を聞く。本人にさえ聞こえていない悲鳴を。

　歩ちゃんがカーテンから顔を出した。

「先生、柚木《ゆのき》さんいらっしゃいました。向こうの部屋に入ってもらいましたけど」

「ん、わかった」

　先生は立ち上がると、部屋から出ていった。歩ちゃんがぼくの横に来る。

「すっかり、先生におもちゃにされてますね」

「もう、勘弁して欲しいんやけどなあ」

　彼女はのどの奥で笑うと、散らばっているぼくの靴を揃えた。

「小松崎さんのことが気に入っているんですよ」

「そうかなあ」

　首を回すと、ぐきぐきと関節が鳴る。

「帰る前に、先生に調整してもらったらどうですか？」

「また、文句言われそうや」

「大丈夫ですよ。口だけなんだから」

彼女のまわりには、ふんわりと優しい空気が漂っていた。ぼくはうっとりと彼女を見上げた。ずっと、この空気の中にいたい、と思う。

「なあ、歩ちゃん」

「なんですか？」

「今度の休み、遊園地でも行かへんかあ」

彼女は一瞬驚いた顔をしたが、すぐに微笑んだ。ぼくは、幸福な気分に包まれる。


「茜さん、ほんまに帰るんか」

和樹はわたしの鞄を両手で持ち、口を尖《とが》らせてついてきた。

その質問はもう何度目だろう。わたしは同じ答えを返す。

「そうよ」

「なんでやねん。大阪におればええやないか。田舎になんかええことあらへんやろ」

「そんなことないわよ。空気はきれいだし、騒々しくないし」

彼はムキになって言う。

「絶対、大阪のほうがええに決まっている」

子どもっぽい言い方に、わたしは苦笑する。

新大阪《しんおおさか》の雑踏の中をわたしたちは歩いていた。わたしはこれから実家に帰る。

「また、大阪には何度もくるわよ。弁護士さんとも話し合わなくちゃならないし」

「じゃあ、ここにおったらええやないか。おれ、寮を出て茜さんと一緒に暮らしてもええで」

「駄目。何度も言ったでしょ。両親が帰ってきて欲しがっているのよ。あまりのことにショックを受けてしまってね。だから、帰って、わたしが元気だということを教えなきゃならないの」

「顔だけ見せて、すぐ帰ってきたらええやないか」

彼もなかなか強情である。わたしはわざと怖い顔をして彼を見た。

「茜さんは、おれのこと嫌いなんか？」

即答する。

「好きよ」

「じゃあ、なんで一緒におってくれへんねん」

「大人の恋愛にはね、好きでも離れなくちゃならないことがあるのよ。お互いが、自分の道を行くためにね」

彼は口を尖らせる。

「わからへん。茜さんなんか嫌いや」

「わたしは和樹のことが好きよ」

列車の番号を見て、ホームへと急ぐ。彼は小走りについてきた。

「じゃあ、もし、わたしが和樹に、一緒に田舎の実家にきてくれ。お母さんとも、友だちとも離れて暮らしてくれって言ったら、和樹困らない？」

彼は口をへの字に曲げてわたしを見た。

「困るでしょ」

渋々頷《うなず》く。

「みんな大事なものはあるのよ。それを捨てて一緒になることもあるし、それを選んで離れて暮らすこともあるのよ。だからといって、和樹のことを嫌いになったわけじゃない。あなたはわたしの世界一大事な人だわ。命の恩人だし、それ以上に大切なものをたくさんあなたからもらった」

わたしの心にはあなたがいる。だから、わたしはこの先、絶対自分を粗末にしたりしない。自分を粗末にすることは、あなたを貶《おとし》めることだから。

列車はもうきていた。わたしは振り向いた。彼の頬を両手で包み込んで、額と額を合わせる。

「わたし、和樹と別れるんじゃない。その証拠にまた電話をするわ。和樹の話を聞く。あなたに会いに来る。また、一緒に楽しく過ごそう」

彼は、まだ不機嫌さを残しながら、それでも頷いた。

「笑って」

「あかん、笑うのは、今度会《お》うたときや」

「わかったわ」

わたしは、彼の手から鞄を取って、列車に乗り込んだ。

座席番号を探して、窓際の席に座る。和樹は窓のそばで、口を引き結んで立っていた。

ふと、寂しくなる。いつか、彼の横には彼にふさわしい少女が立つだろう。その気持ちは今でも変わらない。そのとき、わたしはきっと、少し寂しく、少し誇らしい気持ちになるだろう。まるで、自分のもとから巣立つ息子を見るような思いで。

けれども、わたしは彼から逃げたりはしない。わたしも同じように未来を手に入れるから。

わたしと彼のこれから先は、ほんの少し触れ合いながら、別方向へ進んでいくだろう。

発車のベルが鳴る。
立ち上がって手を振る。
わたしは彼に電話をするだろう。
元気、と今までいちばん明るい声で。

（本書は平成十一年に小社より刊行された作品の新装版です）

カナリヤは眠れない

一〇〇字書評

切り取り線

購買動機（新聞、雑誌名を記入するか、あるいは○をつけてください）	
□（　　　　　　　　　　　　　）の広告を見て	
□（　　　　　　　　　　　　　）の書評を見て	
□ 知人のすすめで	□ タイトルに惹かれて
□ カバーが良かったから	□ 内容が面白そうだから
□ 好きな作家だから	□ 好きな分野の本だから

・最近、最も感銘を受けた作品名をお書き下さい

・あなたのお好きな作家名をお書き下さい

・その他、ご要望がありましたらお書き下さい

住所	〒				
氏名		職業		年齢	
Eメール	※携帯には配信できません	新刊情報等のメール配信を 希望する・しない			

この本の感想を、編集部までお寄せいただけたらありがたく存じます。今後の企画の参考にさせていただきます。Eメールでも結構です。

いただいた「一〇〇字書評」は、新聞・雑誌等に紹介させていただくことがあります。その場合はお礼として特製図書カードを差し上げます。

前ページの原稿用紙に書評をお書きの上、切り取り、左記までお送り下さい。宛先の住所は不要です。

なお、ご記入いただいたお名前、ご住所等は、書評紹介の事前了解、謝礼のお届けのためだけに利用し、そのほかの目的のために利用することはありません。

〒一〇一－八七〇一
祥伝社文庫編集長　坂口芳和
電話　〇三（三二六五）二〇八〇

祥伝社ホームページの「ブックレビュー」からも、書き込めます。

www.shodensha.co.jp/bookreview

祥伝社文庫

カナリヤは眠《ねむ》れない　新装版

令和 2 年 9 月 20 日　初版第 1 刷発行

著　者　近藤《こんどう》史《ふみ》恵《え》
発行者　辻　浩明
発行所　祥伝社《しょうでんしゃ》
東京都千代田区神田神保町 3-3
〒 101-8701
電話　03（3265）2081（販売部）
電話　03（3265）2080（編集部）
電話　03（3265）3622（業務部）
www.shodensha.co.jp

印刷所　萩原印刷
製本所　ナショナル製本
カバーフォーマットデザイン　芥 陽子

Printed in Japan ©2020, Fumie Kondo　ISBN978-4-396-34662-1 C0193

祥伝社文庫の好評既刊

近藤史恵　茨姫《いばらひめ》はたたかう

ストーカーの影に怯《おび》える梨花子《りかこ》。整体師合田力《ごうだりき》との出会いをきっかけに、初めて自分の意志で立ち上がる！

近藤史恵　Shelter〈シェルター〉

心のシェルターを求めて出逢った恵といずみ。愛し合い傷つけ合う若者の心に染みいる異色のミステリー。

近藤史恵　スーツケースの半分は

あなたの旅に、幸多かれ――青いスーツケースが運ぶ〝新しい私〟との出会い。心にふわっと風が吹く幸せつなぐ物語。

五十嵐貴久　For You

叔母が遺《のこ》した日記帳から浮かび上がる三〇年前の真実――彼女が生涯を懸《か》けた恋とは？

伊坂幸太郎　陽気なギャングが地球を回す

史上最強の天才強盗四人組大奮戦！映画化され話題を呼んだロマンチック・エンターテインメント。

伊坂幸太郎　陽気なギャングの日常と襲撃

華麗な銀行襲撃の裏に、なぜか「社長令嬢誘拐」が連鎖――天才強盗四人組が巻き込まれた四つの奇妙な事件。

祥伝社文庫の好評既刊

伊坂幸太郎　陽気なギャングは三つ数えろ

天才スリ・久遠はハイエナ記者火尻にその正体を気づかれてしまう。天才強盗四人組に最凶最悪のピンチ！

垣谷美雨　子育てはもう卒業します

就職、結婚、出産、嫁姑問題、子供の進路……ずっと誰かのために生きてきた女性たちの新たな出発を描く物語。

垣谷美雨　農ガール、農ライフ

職なし、家なし、彼氏なし――。どん底女、農業始めました。一歩踏み出す勇気をくれる、再出発応援小説！

佐藤青南　ジャッジメント

容疑者はかつて共に甲子園を目指した球友だった。新人弁護士・中垣《なかがき》は、彼の無罪を勝ち取れるのか？

佐藤青南　よかった嘘つきな君に

これは恋か罠か、それとも……？ときめきと恐怖が交錯する、衝撃の結末が待つどんでん返し純愛ミステリー！

佐藤青南　たとえば、君という裏切り

三つの物語が結実した先にある衝撃とは？　二度読み必至のあまりに切なく震える恋愛ミステリー。